EVA STRITTMATTER · BEWEIS DES GLÜCKS

Universal Bibliothek

BELLETRISTIK

Eva Strittmatter

BEWEIS DES GLÜCKS

Gedichte · Eine Auswahl

1988

Verlag Philipp Reclam jun. Leipzig

Ausgewählt von der Autorin

ISBN 3-379-00280-1

Reclams Universal-Bibliothek Band 989
3. Auflage
Umschlaggestaltung: Friederike Pondelik unter Verwendung eines Gemäldes von Tivadar Csontvary-Kosztka, Vollmond in Taormina, 1901, Öl (Ausschnitt)
Lizenz Nr. 363. 340/25/88 · LSV 7005 · Vbg. 7,1
Printed in the German Democratic Republic
Grafischer Großbetrieb Völkerfreundschaft Dresden
Gesetzt aus Garamond-Antiqua
Bestellnummer: 661 101 8
00150

ICH MACH EIN LIED AUS STILLE

Beichte

Immer die gleiche Rose.
Immer das gleiche Gesicht.
Unterm wechselnden Monde.
Unterm wechselnden Licht.

Immer die gleiche Tollheit.
Immer der gleiche Traum.
Immer noch keine Weisheit.
Immer noch nicht: wie ein Baum.

Porträt

Meine Großmutter (die schöne)
Hab ich wie ein Bild gekannt.
Sie hatte (wie ich) viele Söhne.
Im Heusommer war sie holzbraun gebrannt.
Sie hatte Adleraugen.
Und hatte Gier im Blut
Auf Leute und auf Leben.
Und überdrauf war sie
Gut.

Rotdorn

Rotdorn meiner Kinderjahre.
Unterm roten Rotdorndach
Bin ich ein und aus gegangen.
Und der Rotdorn ging mir nach.
Roter Rotdorn meiner Kindheit.
Straßenbaum der kleinen Stadt,
Die ich liebte, die mich liebte,
Die mich aufgezogen hat.

Mark

Mich rühren die sandigen Wege
Im alten sandigen Land.
Die Heckenrosengehege.
Die Holderbüsche am Rand
Der alten Felderraine.
Die Gräser reden mir da
Von Zeiten, die warn noch nicht meine,
Als ich das Früheste sah:
Die Gräser. Und hörte die Lerche.
Und roch dieser Sande Geruch.
Seither schlepp ich diese Erde
Mit mir als Segen und Fluch.
Ich muß diesen Sand verwandeln,
Bis er schmilzt und Wort wird in mir.
Diese Erde läßt nicht mit sich handeln.
Ich komm nicht umsonst aus ihr.

Ginster

Frühlingswald. Lichtes Lärchengrün.
Sandweg. Bald wird der Ginster blühn.
Ginstergelb fängt der Juni an.
Brennt den Frühling aus,
Der grad begann.
Immer die Sehnsucht zu weit voraus.
Immer nur halb daheim und zu Haus.

Vor einem Winter

Ich mach ein Lied aus Stille
Und aus Septemberlicht.
Das Schweigen einer Grille
Geht ein in mein Gedicht.

Der See und die Libelle.
Das Vogelbeerenrot.
Die Arbeit einer Quelle.
Der Herbstgeruch von Brot.

Der Bäume Tod und Träne.
Der schwarze Rabenschrei.
Der Orgelflug der Schwäne.
Was es auch immer sei,

Das über uns die Räume
Aufreißt und riesig macht
Und fällt in unsre Träume
In einer finstren Nacht.

Ich mach ein Lied aus Stille.
Ich mach ein Lied aus Licht.
So geh ich in den Winter.
Und so vergeh ich nicht.

Altes Lied

Wenn der Sturm kommt im Januar
Über den Hang,
Halten wir uns. Sturm im Januar
Macht einen bang.

Wenn der Schnee kommt im Januar.
Über Dach uns und Wände,
Halten wir uns. Schnee im Januar
Macht Angst uns vorm Ende.

Wenn die Kälte im Januar
Kommt über unser Bette,
Halten wir uns. Wie wenn der Winter
Kein Ende nie hätte.

Kommt der Mai, kommt der Mai,
Geht alles vorbei.

Rätsel

Ich sage, ich liebe dich,
Und ich sage, der Mond wärmt mich,
Und ich sage, der Regen steigt,
Und ich sage, wer spricht, der schweigt,
Und ich sage, was fragst du mich,
Und ich sage, ich liebe dich.

April

Lila die Luft. Ein leiser Abend.
Wolke in Grün: Wald im April.
Und aus der Wolke ruft die Amsel:
Wo ist er, den ich rufen will.

Freiheit

Ich kann dich lieben oder hassen —
Ganz wie du willst. (Kann dich auch lassen.)
Und du kannst schweigen oder sprechen.
Ganz wie du willst. Daran zerbrechen
Werd ich nicht mehr. (Ich kann auch gehn.)
Ganz wie ich will, wird es geschehn.

Schuld

Ach, wieviel Schuld in meinem Leben.
Wer wägt gerecht die eigne Schuld?
Wie schnell hat man sich selbst vergeben.
Doch das Gedächtnis hat Geduld,
Wenn andre uns mit Gram geschlagen.
Wir wissen noch nach tausend Tagen
Gewicht und Preis der fremden Schuld.

Lerche

Die unermüdliche Amsel.
Ihre Schwester, die Drossel süß.
Der heimliche Vogel Pirol
(Der früher von Bülow hieß).
Die drei und die vielen andern:
Der klagende Wendehals
Und die gesegneten Schwalben,
Die Vögel des freiesten Falls...
Die steigenden Vögel, die Lerchen.
Sie spinnen ihr zwietönig Lied,
Das sie, ein silberner Faden,

Aufwinds und wolkenwärts zieht.
Unterm Liede der schwindenden Lerche,
Im Mai, hab ich einmal gedacht:
Vielleicht ist die ganze Erde
Um der Lerche willen gemacht.

Mittsommer

Am Abend arbeiten die Grillen.
Sägen den Tag um. (Das ist schwer.)
Was keiner kennt, wird sich erfüllen.
Leer
Ist der Himmel. Fledermäuse stürzen.
Steigen im Schatten. Steine schlafen ein.
Die wilden Düfte des Holunders würzen
Die Schummrung. Und die Nacht fällt ein.

Wieder September

Ikonenfarben: Blauer Himmel
Und Apfelrot im grünen Baum.
Davor ikonenecht: ein Schimmel.
Der grast und lebt. Hat keinen Zaum
Und keinen Recken zu ertragen.
Kein Krieg um Gott zwingt ihn zum Stolz.
Septembertag, mit Gold beschlagen.
Und wie gemalt auf altes Holz.

November I

Die Blätter fallen so wie Vögel fliegen.
Sie schwärmen aus. Doch kehrn sie nicht zurück.
So fällt die Zeit von uns: Wir unterliegen.
Und merken spät: Auch wir sind zu besiegen.
Da strecken wir uns in der Stille noch ein Stück.

November II

Zwei letzte
Knospen hat der Rosenstrauch.
Die ersten
Rosenfrüchte leuchten wie
Kleine Winterfeuer auf.

Johanniskraut

Johanniskraut. Johanniskraut.
Ich kenne einen. Der heißt John.
Wär er von hier und hieß Johann.
Käme ich nicht davon.

Blinder Tag

Flughafen. Herbst. Ein Regenmorgen.
Und eine fremde Liebe. Grau.
Ein blinder Tag. Und graue Tränen.
Zu jung der Mann. Zu alt die Frau.

Seerose

Mein Freund, ich hätte Sie lieben sollen.
Leichter wäre der Sommer zu tragen.
Mondsee Seerose Rosenlicht.
So habe ich um niemand zu klagen.

Abendwind

Ich wart auf dich im Abendwind,
Der weithin geht und fern beginnt,
Der von mir alles weiß und mehr.
Was ohne Worte ist und schwer,
Geweint hab ich es in den Wind,
Der weithin geht und fern beginnt.

Chagall

Alles kann man, was man will.
Und man kann die Welt besiegen.
Wenn man eine Liebe hat,
Kann man über Witebsk fliegen.
Man bemalt sich einen Schimmel
Mit zwei Rosen. Und hinauf
Springt man in den grünen Himmel.
Und der Himmel ist schon auf.
Man holt sich Musik herunter,
Die in einer Geige wartet.
Die ist oben und ist unten.
Rot und grün. Und so geartet,
Daß auch Fische fliegen müssen.
Und am Ende will die Zeit
Nichts mehr von den Uhren wissen.
Und der Tod ist noch sehr weit.

An die Freunde

Denkt Ihr noch der Tiere von *Suchumi*?
All der klugen Kühe auf dem Weg
Unter unserm Traubengarten?
Und der Schweine auf dem Steg,
Der hinauf zum Himmel führte
(Und hin zur *Stolowaja*,
Wo wir Brot und Fisch einkauften?)
Was für Feste gab es da:
Abende, von Duft durchdrungen.
Nächte, isabellensüß.
Worte, Wind- und Wellenzungen.
Und wie jener Winkel hieß,
Wo wir warn am ersten Tage,
Aufgerührt vom ersten Wein
Und vom ersten Schuß *Adschika*
Durchgebrannt bis auf das Bein —
Wißt Ihr ihn und was wir hatten?
Was wir hatten unbegehrt?
Schweres Licht und leichten Schatten.
Und die Zeit erst halb verzehrt.

Vielleicht

Vielleicht erinnert sich wer meiner.
Einer, der geht durch Leningrad.
Oder ein andrer in Kaluga.
Und wer in einer deutschen Stadt.
In dieser Stunde scheint mir sicher:
Wir sind Gefäß für fremden Wein.
In mir sind alle, die mich trafen.
So möchte ich in allen sein.

Nowgorod

Was weiß ich noch von Nowgorod?
Die erste weiße Nacht im Leben
Erlebte ich in Nowgorod.
Und blaue Kuppeln sah ich schweben
Am Ilmensee. Von einem Blau,
Blauer als tausend Überhimmel.
Und weiß wie hundert Wüstenschimmel
Waren die kleinen Kirchenmauern,
Die ihren toten Gott betrauern
Auf saubere und süße Weise.
Ein Glöcklein rief zur Weiterreise
Und rief mit kindlichem Gebimmel
Noch immer den gestorbnen Himmel.

Puschkin. Erinnerung an Kazbeki

Und Gletscherkühle trifft mich wieder...
Quellwasser vom Kazbek weckt mich.
Im Terek treiben Puschkins Lieder.
Der Terek rauscht...
Er aber sitzt im Birkenhain unterm Kazbek.
Bronzeerstarrt. Verstaubt. Und lauscht
Dem Knarrn der Karren und dem heißen
Gespräch der Hirten, die jetzt bergwärts ziehn
Und sich im Herbst, im weißen
Mittag, gespensterstumm nach Norden mühn.
Millionen Schafe. Arbas. Autos.
(Tausend im Tag. Lang nicht mehr neu.)
Gehn und Vergehn. Es bleibt der Gletscher.
Und: Einst zog *Puschkin*
Hier vorbei.

Schnee

Schnee. Schnee. Moskau.
Moskau schneit mich ein.
Unter der Haut Leben.
Unterm Schnee Stein.
Am Kasaner Bahnhof
Weiß und rot und gold
Hab ich Sie (um was wohl?)
Anreden gewollt.
Aber welche Sprache?
Ich sprech Ihre nicht.
Sprachen wie die Händler:
Englisch. Mein Gesicht
Konnten Sie nicht sehen.
Schnee und Schnee und Schnee.
Sie dachten: wir gehen.
Ich dachte: ich vergeh.

Vor einem Herbst

Im Herbst soll einer auf mich warten.
Er soll so warten, daß ich kommen muß.
In einem gelben alten Garten.
Kurz vor dem Winter. Kurz vorm Schluß
Von allem. In der Weile,
Die zwischen Schnee und Regen bleibt.
Da suche ich die eine Zeile,
Die man vielleicht im Leben schreibt.

Überfluß

Das Lächeln, das den andern meinte,
Nicht uns und unsre Eitelkeit,
Die Träne, die dem andern weinte,
Nicht unserer Vergänglichkeit,
Die Stunde, da wir andre hörten,
(Das kleine Wenig mehr als Muß)
Die Ruhe, die wir uns zerstörten,
Das war des Lebens *Überfluß.*

Bilanz

Wir alle haben viel verloren.
Täusche dich nicht: auch ich und du.
Weltoffen wurden wir geboren.
Jetzt halten wir die Türen zu
Vor dem und jenem. Zwischen Schränken
Voll Kunststoffzeug und Staubkaffee
Lügen wir, um uns nicht zu kränken.
Und draußen fällt der erste Schnee...
Wir fragen kalt, die wir einst kannten:
Was machst denn du, und was macht der?
Und wie wir in der Jugend brannten...
Jetzt glühn wir anders. So nie mehr.

MONDSCHNEE LIEGT AUF DEN WIESEN

Mode

Zum Beispiel widerstrebt es mir,
Geld an Kleidung zu verschwenden.
(Als wären wir vor allem hier,
Um einander zu blenden.)
Ich kenne viele, die ihre Zeit
In äußere Schönheit umsetzen.
Sie sind zu jeder Entbehrung bereit,
Um die Mode nicht zu verletzen.
Und jedes Jahr und jedes Jahr
Wollen sie sich *verwandeln.*
Perücke oder eignes Haar?
Man schreibt ihnen vor, wie sie handeln.
Und ehe sie nicht die Absätze tragen,
Die man in diesem Jahr tragen muß,
Können sie von sich nichts Sicheres sagen.
Sie leben ferngelenkt. Auf Beschluß.
So lesen sie auch, und so denken sie,
So schränken sie ihre Freiheit ein.
Sie lassen sich sagen, was und wie,
Und wagen nicht, sie selber zu sein.

Gesang

Für Peter Schreier

Wenn einer singt,
Soll er nicht nur mit seiner *Seele* singen.
(Daß er mit Stimme singt, versteht sich von allein.)
All seine Körperzellen müssen klingen.
Verschleudern muß er sich. Es muß so sein,
Als hätte er für *dieses* Lied gelebt.
Für *diesen* Augenblick, in dem er singt.
Er muß *der* sein, der sich vom Boden hebt
Aus eigner Kraft. Was nie gelingt
In Wirklichkeit, muß ihm gelingen.
(Wie man das macht, verrät kein Kunstgebot.)
Wenn einer singt, so muß er singen:
Gegen die Schwerkraft und den Tod.

Mondschnee

Mondschnee liegt auf den Wiesen,
Wie ich von dir geh.
Wir lieben uns schon lange.
Nicht seit dem letzten Schnee.
Doch immer, wenn ich zu dir komm,
Wird mir noch so:
Ich weiß nicht, wer ich bin und wo,
Bin traurig und bin überfroh.
(Teils heidnisch und teils fromm.)

Sonnenspeicher

Vegetatives Leben:
Nebel. Regen. Der Schrei
Der Hähne fernher vom Dorfe.
Der Winter geht lautlos vorbei.
Die jämmerlichen Farben:
Verwässertes Gelb und Grün.
Gegenstandslose Gedanken:
Trotz Willen und Bemühn
Bin ich mit Stummheit geschlagen.
Die Worte sind unter Verschluß
Und lassen sich von mir nicht sagen,
Wie ich sie sagen muß:
Ich muß einen Speicher machen,
Der den Winter übersteht.
In dem die Sonne des Sommers
Auf und nie untergeht.
Ich träume vom Sonnenspeicher,
Und in mir spüre ich ihn.
Doch will es mir nicht gelingen,
Ihn mit Worten heraufzuziehn.
Vielleicht ist er zu sehr verwachsen
Mit meinem Zellenverband

Und ist ein totales Feuer
Und kein lokaler Brand,
Und ich müßte mich vernichten,
Um die Sonne sichtbar zu machen
Und die Welt um mich her zu belichten.
So schreib ich von anderen Sachen:
Vom vegetativen Leben.
Von Nebel, Regen und Zeit.
Und den irregeführten Hähnen,
Aus denen der Frühling schreit.

In Ungarn

Die Nachtigallen von Szigliget,
Die sangen im Mai nicht nur.
Sie ließen sich auch von uns sehn.
Solche Wunder sind in Ungarn geschehn.
Wir lebten gegen die Uhr.
Nacht wurde Tag. Wir ländlichen Leute,
Die sonst mit der Sonne leben,
Sagten da plötzlich: *heute ist heute.*
Wann wird es das je wieder geben:
Einen Mai so heiß und frei von Zeit
Und von Tamarisken umrändert
Wie von Rosenwolken: Meilenweit
Warn Straßen und Wege umbändert
Von jenen Sträuchern, die, wenn sie blühn,
Eine einzige Blüte sind.
Und uns schien: der Lohn all unsrer Mühn:
Eine Rosenwolke im Wind.
Und wie viele Mühen aus einsamen Jahren
Brachten wir mit uns her.
Und wie vieles hatten wir schreibend erfahren,
Was schön war, aber schwer.
Und manchmal schien es auch sinnlos zu sein:
Kann man nicht leichter leben?
Wozu sperrt man sich in Worte ein?

Für wen soll man sich aufheben?
Wir fuhren durchs Land und überall
Kamen uns Menschen entgegen.
Und entgegen kam uns der Widerhall
Unsrer Worte auf Ungarns Wegen.
Denn die Worte waren uns schon voraus.
Sie waren schon angekommen,
Da saßen wir noch in Klausur zu Haus:
Man hatte *uns* angenommen.

Da war das Leben mit einmal leicht.
Die Zweifel waren zerrissen.
Vorübergehend schien etwas erreicht.
Und wir sahen mit gutem Gewissen
Die Nachtigallen von Szigliget
Und die Tausende Türkentauben,
Die die Lüfte sieden mit ihrem Ruf,
Und die Frühjahrsmühn um die Trauben,
Die, reine Hoffnung, an den Hängen
Sorgsam entworfen werden,
Und die Heide von Hortobagy, wo der Wind
Läuft mit den Pferdeherden
Und gegen gebogenes Mondgehörn
Von perlmuttfarbenem Rind...
Und wenn nichts weiter bliebe in mir
Als dieser Steppenwind,
Der mein Seidentuch wie ein Segel schlug,
Daß der Schlag alles überschallte.
Nur der große Gesang der Grillen trug
Diesen Tag, den die Hitze ballte
Zu einer Kugel: alles war rund.
Die Weite wölbte die Erde.
Und ich sang dazu mit geschlossenem Mund:
Es war, es ist, es werde.

Die Nachtigallen von Szigliget
Und Düftefontänen von Flieder.
Und dann die Lilien: Violett
Wie Nachtigallenlieder.

Zikadennächte

Zikadennächte. Man sollte sie
Auf *einem* Ton nachsingen.
Wie will man die Anti-Melodie
Der Zikaden in Worte zwingen?
Die Wärme der Steine. Der graue Geruch
Und das Flüstern der Gräser im Finstern.
Verkrüppelte Kiefern am Felsenabbruch.
Und hinter Wermut und Ginstern
Der südliche See, der *da* ist und schweigt,
Überschrillt von den Zikaden:
Ein irr gewordener Geiger geigt
Auf einem Silberfaden.

In einem anderen Land

Das war alles.
Und ist vorüber.
Eine Narbe bleibt:
Wann? Und wo?
Begonnene Brücken aus Lächeln
Versteinern *so.*
Nicht wahr gewordene Worte.
Das Wenden der leeren Hand.
An einem anderen Orte.
In einem anderen Land.
Poesie der Aerodrome.
Check-out um zehn Uhr zehn.
Und das präzeitliche Verlangen:
Einander wiederzusehn.

Gedenkminute für Block

Ich liebe Fotos von Städten,
Glänzend und koloriert.
Moskau, mitten im Winter:
Die Bäume wie graviert
Gegen den Schnee und den Himmel.
So weiß ist kein wirklicher Schnee.
Und doch will mir scheinen, ich sah ihn
Noch schöner, als ich ihn seh.
Da war die Luft voll Gebäckduft,
Und die schweren Parfums mischten sich
Mit dem Rougegeruch von Puder.
Und Moskau roch heimatlich
Nach Benzin mit der fremden Oktanzahl.
Und die Luft schien doch gläsern und rein.
Und es fing, trotz der großen Kälte,
In der Dämmerung an zu schnein.
Und die Laternen brannten.
Und manche waren so alt,
Daß sie wohl Block noch kannten.
Ich machte bei einer Halt.
Bei der alten Apotheke
Am Twerskoj-Boulevard
Für eine Gedenkminute.
Es schneite auf mein Haar.
Ich weiß wohl, das war woanders,
Wo ihn die Nacht überkam
Und von wo er die *eine* Laterne
Mit in die Ewigkeit nahm.
Nacht. Apotheke. Laterne.
Straße. Es leidet mein Herz,
Wenn ich an Moskau denke.
Doch *das* ist ein heilbarer Schmerz.

Poesiefest in Michailowskoje

Heut vor einem Jahr: Auf Puschkins Wiese.
Sonntagmorgen. Pfingstlich. Junigrün.
Fest der Dichtung. Und die Dichter
In verschiednen Sprachen mühn
Sich mit Mikrophon und Stimmband,
Ihre Seelen zu vergeben.
Michailowskoje, das Eiland.
Hier soll Poesie noch *leben.*
Und die Leute auf der Wiese —
Bauern, Städter, Kinder, Greise,
Angenehm erwärmt von Sonne
Nach der nächtlich kühlen Reise
Über lange Räderwege,
Oder wandernd hergekommen:
Durch betaute Sorot-Auen
Wie durch Mondteiche geschwommen —
Was erwarten sie zu hören?
„Puschkin war sehr groß! *Poklon*?"
Oder horchen sie, ob einer
Von den Dichtern Puschkins Ton
Hat. Ob er Worte, die man wirklich spricht, benutzt,
Und sich nicht mit Schmuck und Schellen
Schrecklich als Schamane putzt?

Die da unten lagern, haben
Feiertag für ihre Hände.
Sie sind keine Schul-Ästheten.
In der Halle ohne Wände
(Wiesenplan, von Wald umragt)
Hat die Selbsttäuschung ein Ende.
Hier zählt, was man *wirklich* sagt.

Steigt die Sonne? Nein, die Erde
Dreht sich. Mittagheiß,
Ohne Schatten, ist die Wiese.
Tag- und Jahreshoch. Den Schweiß,
Den die Dichter fächelnd kühlen —

Fünfunddreißig Grade glühen
Auf das Podium herab,
Und man sitzt hier hart auf Stühlen —
Festhelfer mit Schläuchen sprühen
Ihn den Leuten einfach ab.

Dampf steigt auf. Es wird gegessen
Und getrunken nebenbei.
Wobla gibt es. (Kleine Fische.)
Dichtung zehrt. Denn schon seit drei
Stunden heben Verse Flügel.
Achtzigtausend halten aus.
Hinterm Teich, beim Fliederhügel,
Steht, sehr klein, ein gelbes Haus.
Puschkins Haus. Ich seh ihn gehen,
Wie er *dazumal* gegangen.
Alles war noch ungeschehen.
Mit ihm hat es angefangen.
Unter all den vielen Orten:
Wer hat *diesen* Ort gekannt?
Eine Welt entstand aus Worten,
Als er sprach: *seht her, mein Land!*

Vorfrühling im Vorwerk

Kinderglück: Schaukeln hinter der Scheune.
Die Schaukel im Nußbaum. Sonne. Geruch
Neuer, teerölgetränkter Holzzäune.
Das Krähen der Hähne. Erster Versuch
Der Drossel, ihre Stimme zu üben
In der nackten Weide am kahlen Bach.
Gestern kam Sie von irgendwo drüben
Über dem Meer und ist heute noch schwach.
Die Stare sind schon länger zulande.
Noch sind sie willkommen: Frühling wird sein!
Im Sommer falln sie als Räuberbande,
Verfolgt und verwünscht, in die Kirschgärten ein.

An der Mauer gibt es schon Huflattichblüten.
Indianerzwiebeln fahrn Lauchlanzen aus.
Genetischer Code in Säcken und Tüten
Wartet auf Wärme im sicheren Haus.
Gesträuch wird verbrannt. Die Schwelfeuer bittern
Den aus Südosten wehenden Wind.
Durchs staubgraue Gras bricht ein Hitzezittern.
Da sieht man, daß es zu grünen beginnt.
Und alle im Vorwerk sind noch am Leben.
Dieser Winter hat uns keinen genommen.

Und es hat keine Feindschaft gegeben.
Der Nachbar ist zum Nachbarn gekommen.
Ein fröhlicher März! Motorsägen schreien
Bis in die Dämmrung, wenn der Kranich heimschreit.
Den Wald wird man bald vom Sturmbruch befreien.
Und alles im Umbruch: Vorfrühlingszeit.

Die Schwäne

Ein Schwan ist am Waldsee eingefroren.
So heftig fiel der Nachtfrost ein.
Die Schwäne haben den Fluchttrieb verloren.
Der Förster mußte den Schwan befrein.

Die Schwänin hat den Schwan nicht verlassen.
Man hat gehört, daß Schwäne so sind.
Sie wissen nichts von Lieben und Hassen,
Und *treu* nennt Tiere nur ein Kind,

Aber irgendwas muß sie zusammenhalten.
Was hält sie zusammen, wenn nicht *Gefühl*?
Die Wissenschaft widmet dem Schwan ein paar Spalten
Im *Brehm*, überlegen und kühl.

Aber wir Kinder warn wie geblendet.
Warum versucht *sie* vorm Frost nicht zu fliehn?
Und wenn der Schwan nun im Eise verendet?
Was wird mit der Schwänin? Beweint sie ihn?

Wie weinen Schwäne? Können sie klagen?
Klagen sie lautlos? Zerreißt sie ein Schrei?
Zu oft an Herbst- und Vorfrühlingstagen
Zog uns zu Häupten das Schwanpaar vorbei,

Als daß wir nicht mit ihnen leiden müßten.
Aber leiden sie denn? Was wissen wir schon...
Und wenn wir wirklich etwas wüßten?
Niemals überträfe das Wissen den Ton,

Den der Flügelschwung des Schwans in uns weckt:
Die große Musik aus verdichteter Zeit.
Deren Schmerz uns quer in der Kehle steckt.
Als gäbe es etwas wie *Ewigkeit.*

Abenteuer

Laß uns doch vom Weg abweichen,
Durch das Kieferndickicht gehn,
Abwärts zu den toten Teichen,
Und von da den Himmel sehn.
Stehst du über diesem Tale,
Ahnst du kaum den kleinen Krater.
Doch vom Grund der Eiszeitschale
Siehst du: ein Amphitheater
Baut sich ganz gesetzlich auf:
Überm höchsten Rang nur Himmel.
Wetterwechsel, Wolkenlauf,
Diagramm der Vogelzüge,
Von Woher und nach Wohin,
Fragmentarisch alle Flüge,
Abgetrennt von ihrem Sinn.

Ein Geheimnis liegt am Grunde:
Die Bewegung in der Zeit.
Erdzeitliche Schreckensstunde,
Als der Gletscher kam von weit.
Wir genießen Dimensionen,
Die uns nicht alltäglich sind,
Und vergessen, wo wir wohnen,
Und vielleicht auch, wer wir sind.
Doch wir finden neu das Feuer,
Und wir üben unsre Hand:
Urmenschliches Abenteuer
Im schon lang vermeßnen Land.

Licht

Manchmal trifft man einen, der ist wie ein Licht.
Und man trifft ihn nicht zweimal im Leben.
Und man weiß. Nur *einmal* dieses Gesicht.
Und man denkt: Das darf es nicht geben,
Daß man einen Menschen verlor,
Ehe man ihn gefunden,
Und kein *Danach* und kein *Davor*...
Dieses Licht ist für immer entschwunden.
Geheimer Speicher Erinnerung,
Empfangs- und Sendezentrale:
In einer anderen Dämmerung
Verwandelt er die Signale,
Die auf uns gekommen von einem Gesicht,
Das wir nur einmal gesehen,
Zurück in Wärme und in Licht.
Und das hilft uns die Nacht überstehen.

Lob

Ich habe ein Geheimnis entdeckt:
Wir loben einander zu selten.
Kinder wachsen nicht ohne Lob.
Wir lassen einander nur gelten
Mit jener schweigenden Toleranz,
Die die Fremdheit zwischen uns steigert.
Und jeder wartet auf *das Wort*.
Das einer dem andern verweigert.

Legende

Irgendwo hab ich gelesen,
Daß man in einer Stadt
Sehr alte hölzerne Häuser
Abgerissen hat.

Aus dem alten Holz baut man Geigen,
Die sollen besonders klingen.
Das ist sicher chemisch zu klären.
Ich denke aber, sie singen

Von lange vergangenem Leben,
Das ist in das Holz eingedrungen
Und mit unregistrierbarer Schwingung
Bis heute herübergeklungen.

Wird die Geige gespielt, hört man Töne,
Die nicht in den Noten stehen.
Es ist, als ob die Verstummten
Summend vorübergehen.

Das ist eine schöne Legende.
Und ich träume: in meinem Gedicht
Soll immer etwas mitklingen,
Was für die Stimmlosen spricht.

Freundschaft

Freunde sind mir, mit denen ich
Essen und trinken und reden kann.
Die mich in meiner Küche kennen,
Und denen ich sage: Komm, setz dich ran.
(Keine Probleme und Komplikationen:
Wie füttert man den? Ist der Schnaps gut genug?)
Mit denen gemeinsam ich in den Jahren
Meine und ihre Lasten abtrug:
Krankheit der Kinder und Weltüberdruß.
Mit denen ich die Nächte zerrede.
Und doch kommt es niemals zu einem Schluß.
Das kann auch über Fernen bestehen.
Auch wenn man sich lange Zeit nicht sieht:
Halten wir nur aneinander fest,
Was immer sonst auch mit uns geschieht.
Freundschaften sind wie Abenteuer,
An die man sein ganzes Leben setzt.
Versagt man oder wird man verraten,
Hat man sich mehr als die Haut verletzt.

Ohrid am See

Wir kamen an einem Haus vorbei
In Ohrid am Ohridsee.
Ein Gartenhaus. Glyzinien warn da
Und Oleander. Ich geh
In meinem Traume ein
In dieses Haus mit dir.
Und warum sollt es nicht wirklich so sein?
Einen Tag lang wären wir
Beieinander da und löschten uns aus
Und stürzten aus der Zeit.
Aber bewohnt ist das blühende Haus.
Und Ohrid am See ist weit.

Paar Worte

Die milde Gabe eines Grußes ging mir heute
Aus einem fernen Lande zu: Man denkt an mich!
Wie ich mich über die paar Worte freute,
Die seltsam traurig warn. Ich dachte, ich
Nur könnte nicht vergessen.
Was einmal war, lebt in mir fort.
Ich bin erinnerungsbesessen.
Niemals vergesse ich den Ort,
Die Stunde und das Licht.
Was einmal einer zu mir spricht,
Bewahre ich wie ein Vermächtnis.
Ich leb mit furchtbarem Gedächtnis
Und wie mit doppeltem Gesicht.

Und nun und nach so manchen Jahren,
Die bitter von Verlusten waren,
Schreibt einer mir mit solchen Worten:
„Rückkehrend zu den schönen Orten
Am Sonnensee, grüß ich Sie! Ich
Bin traurig; etwas fehlt ...
Erinnern Sie sich noch an mich?"

Den See erinnre ich wie sehr.
Wie sehr die Sonnenuntergänge
Und die beklemmenden Gesänge:
Liebe ist leicht, das Leben schwer.

Also auch er,
Den ich einst kannte,
Vergaß nicht alles, was da war.
Auch noch in einen andern brannte
Sich die Erinnrung an das Jahr,
Das von den unvergeßnen bleibt ...

Geheimes les ich aus den paar
Gemeßnen Worten, die er schreibt.

Flug

Ein bestimmtes Eau de Cologne
Florena Juchten erinnert mich.
Ich hab es in Kasachstan benutzt.
Und immer erinnert es mich auch an dich.
Bezweifeltes Wunder: *das* hat es gegeben?
Diesen Flug nach Osten. Den Lichtsaum entlang.
Und es schien: mit diesem Flug ist das Leben
Für immer verändert. Nur noch Gesang
An die Sonne wird übrigbleiben.
(Man könnte ihr folgen. Fliegend. Westwärts.
Und fliegend könnte man Hymnen schreiben.
Sonne Orange Lichtapfel Herz.)
Man hat die Drehung der Erde gesehen und hat verstanden:
Die menschliche Nacht
Ist nur auf unserm Fixpunkt vorhanden
Und nur aus unsren Begriffen gemacht.
Bei diesem Flug ging die Nacht verloren.
Eine Nacht in *unserem* Leben fehlt.
Doch wie kann es sein, daß, *was nicht gewesen*,
Mehr als alles Gewesene zählt?
Der Juchtenduft reizt Gefühle in mir.
Der Geist aus der Flasche erinnert mich
An den Flug aus der Zeit, diesen Flug mit dir.
Zur Sonne, zur Sonne! Erinnerst du dich.

Gott

Ich leb mein Leben ohne Gott,
Aber mit seiner Negation
Und treibe mit ihm keinen Spott.
Ich kenne keine Religion,
Der ich mich unterwerfen würde.
Aber ich achte das Prinzip:
Nehmt voneinander eure Bürde

Und: Habt den andren Menschen lieb,
Er ist wie ihr. Alttestamentlich
Geprägter schöner Gleichheitssatz.
Und wär das Weltall auch unendlich,
Die Erde hat für alle Platz.
Und *Gott* war diesseits oder gar nicht,
Verkörperung für ein Gesetz.

Wir wollen Flieger sein mit Klarsicht,
Artisten ohne Seil und Netz.

Die Dichter

Die Dichter machen ihr Land.
In der Welt
Wüßte man nichts von Island,
Wenn Laxness nicht schriebe.
Und Dagestan
Ohne Gamsatow bliebe
Verschollen für uns.
Wir wüßten nicht,
Wo das liegt, wie die Leute da leben,
Und wie das Land ist, würde es den
Rassul Gamsatow nicht geben.
Und Griechenland hat Ritsos gemacht.
Und Neruda machte Chile.
Und ohne Lorca wär Spanien nicht.
Die harmlosen Wortespiele,
Mit denen es bei allen begann,
Wachsen sich aus zu ernstem Leben.
Die Dichter sind schwach wie *jedermann.*
Aber: sie können ihr Land *aufheben.*

Sensibilität

Für Hermann Kant

Von andern sagt man, sie sind sensibel.
Von mir wird das niemand sagen.
Das liegt wohl an der Selbstdisziplin,
Die mir verbietet zu klagen.

Ich mag die englische Höflichkeit,
Die über Persönliches schweigt
Und die nach außen ein tadellos
Gesundes *Ego* zeigt.

Ich glaube nicht an die Einmaligkeit
Meines eigenen Innenlebens.
Es unterliegt dem gemeinen Gesetz
Sublimierten Vermehrungsstrebens.

Das Wissen, daß wir unterworfen sind
Und nur einem Schema genügen,
Erleichtert mir das Schweigen und
Erleichtert mir das Lügen.

Wenn alle die gleiche Krankheit leiden,
Sind alle die gleichen Gesunden.
Ach, schweigen wir von der Angst des Gefühls.
Verheimlichen wir unsre Wunden.

Aus meinem Dorf

Ein Mädchen hat ein Kind geboren.
Und eine Ehe geht zugrunde.
Der Mann der Postfrau ist gestorben.
Nun ist sie: „Witwe mit dem Hunde,
Der seinen toten Herrn vermißt."
Und sie erzählt auf ihrer Runde
Durchs Dorf: „Nu wo min Mann gestorben ist,
Nu wird he scharf un wacht bei mir.
Sovöl Verstand in so ein Tier!"

An dieser milden Witwe hängt
Mein Leben sechs von sieben Tagen.
Bringt sie mir Briefe? Bringt sie *nichts*,
Ist mir, als hätt mich wer erschlagen.

Ihr schreibt so selten, Freunde, wer
Denn soll mir schreiben, wenn nicht ihr?
Ihr lebt in eurer Riesenstadt.
Aber ihr wart doch schon bei mir
Und wißt: ich lebe auf dem Lande
Und halte mich sehr daran fest,
Daß ihr an mich denkt. Und ich falle,
Wenn ihr nicht schreibt und mich vergeßt...

Alles, was hier geschieht, verfließt.
Hier lebt man wie nach Erdzeitaltern
Und ist gewiß: *das Leben* schließt
Die Gräber. An *Erhaltern*
Wird es nie fehlen. Wenn einer vergeht,
Verführt ein Bursch nah der Friedhofsmauer
Vielleicht ein Mädchen. Ein Lachen entsteht
Noch vor dem Ende der üblichen Trauer...

Mein Zeitgefühl sieht anders aus.
Ich wehre mich gegen das Kommen und Gehen
In dem Jahrhunderte dauernden Haus.
Ich will mich nicht als *Kettenglied* sehen.

Ich brauche die Verbindung zur Welt
In meinem Dorf. Schon aus diesem Grunde:
Helft mir und schreibt! Und vergeßt mir nicht
Die verwitwete Postfrau mit ihrem Hunde.

Toleranz

Verselbständigung der Prinzipien,
Der Kampf um das Ding an sich,
Beherrscht die Menschen und Völker,
Und manchmal noch dich und mich.
Wir haben mit den Jahren
Mäßigung gelernt
Und uns vom Bekehrereifer
Unserer Jugend entfernt.
Was hielt ich früher nicht alles
Für untrennbar von mir!
Treue auf Tod und Leben.
Und: Wie du mir, so ich dir.
Liebe: ein Absolutum,
Das nicht mit dem Winde schwankt,
Und bei der kleinsten Kränkung:
„Leb wohl und sei bedankt!
Das war es nicht, was ich meinte,
Das ist mir nicht gut genug!“
Und wieviel Schlechtes man
Um dieses Gute ertrug...
Immer nur Annäherungen.
Wir sind aus Schwäche gemacht.
Und keiner ist so gelungen,
Wie er das von sich gedacht,
Als er vom Leben nichts kannte
Als das erhabne Prinzip.
Erst wenn man sich selber verbrannte,
Versteht man das Wort: Vergib
Und lernt einander dulden
Und rechnet nicht im Kurant,
Wie hoch sind des anderen Schulden?
Dann wird man tolerant.

Dezember

Lavendelblauer Morgen im Dezember.
Und biberblauer Abend.
Und *vergangen* ist der Tag.
Und ich Vergehende wart auf ein Wunder.
Das mit dem letzten Mond geschehen mag.

Angst

Die Amsel macht mich traurig.
Die Kirschen wollen blühn.
Ich fürchte, du könntest mir sterben,
Und alles würde doch grün.

Vielleicht ist es auch mein Tod,
Der mich schon traurig macht.
Die Amsel kann ich nicht fragen.
Wer hilft mir heute nacht?

Es gibt

Gesprungene Glocken gibt es.
Es gibt geborstene Bäume.
Geborstenes Leben gibt es.
Es gibt gesprungene Träume.

Es hat alles schon gegeben.
Es gibt alles immer wieder.
Es gibt gestorbenes Leben.
Es gibt auferstehende Lieder.

ICH SCHWING MICH AUF DIE SCHAUKEL

Pflicht

Ich hoffe, daß ich sie erfülle,
Die allererste Menschenpflicht:
Daß ich die Sonne nicht verhülle.
Daß ich vermehr das Erdenlicht.

Dank

Die Poesie einer Waschmaschine
Besteht darin, daß man Zeit gewinnt,
Zum Beispiel, um Gedichte zu lesen,
Die ihrerseits nicht ersetzbar sind
Durch einen Halb- oder Ganzautomaten,
Der uns Gefühl und Welt erschließt.
(Die Wissenschaft wird nie erraten,
Wie Wortkristall zusammenschießt.)
Ein Hoch den Erfindern der Waschmaschine!
Und persönlichen Dank auch ihren Erbauern
Von mir, die ich mich der Technik bediene,
Um dafür von Hand Gedichte zu mauern.

Nach Plan

Der Frühling wird kommen, der Winter vergehn.
Und alles wird nach Plan geschehn:
Die ganze liebe Litanei
Von Anfang März bis Ende Mai.
Wiese und Wald begrünen sich.
Das ist ganz sicher. Aber ich?

Glück

Verantwortungsloser Zustand
Zwischen Schlafen und Wachen.
Schwebendes Leben vor dem
Endlichen Augenaufmachen.
Noch kennen wir keine Pflichten.
Noch sind wir unerkannt.
Das ist wie in alten Geschichten
Aus unserem Kinderland,
Als wir eine Blume waren
Und manchmal ein Schmetterling.
Weise und unerfahren.
Was mit den Jahren verging,
Als wir zu Bewußtsein kamen,
Kehrt in der Frühe zurück:
Gefühle ohne Namen,
Gewissenloses Glück.

Anfang April

Die Brennesseln und andre kleine Kraute
Am Bachabhang begrünen sich.
Bei Starenpfiff und Amsellaute
Gibt der April sich sommerlich.

Die Sonne brütet Farbenkeime
In den bereiten Pflanzen aus.
Primeln und Veilchen ziehn geheime
Beschwörungskreise um das Haus.

Grenzen

Die vielen Werte von Grün
Sind mit Worten nicht wiederzugeben.
Sie kommen nur im Bemühn
Der Gräser und Bäume zum Leben.
Es mag einem Maler gelingen,
Das wirkliche Grün zu beweisen.
Doch versagt er vor anderen Dingen:
Er kann nicht das Schweigen einkreisen.
Er ist mir überlegen,
Was die sichtbare Welt angeht.
Aber ich kann sie so bewegen,
Daß der Baum aus der Erde aufsteht
Und sich in die Wolke verwandelt
Und die Wolke in ein Glück.
Und was im Vergangenen handelt,
Zwing ich in die Zukunft zurück.

Rastlos

Ich gehe in den Garten zu den Grillen.
Der große Mond ist da. Sternvogelflaum.
Ich schwing mich auf die Schaukel, und im
Schwunge
Häng ich den Mond in unsern Apfelbaum.
Da zwing ich ihn, für mich zu hüpfen.
Ich schaukle mich und schau ihm zu.
Ich bin sehr groß. Ich laß ihn hüpfen.
Für zwei Minuten hab ich Ruh.

Pirol

Freund Pirol, Morgenvogel,
Ich frage mich, ob du mich kennst
Und mich in deiner Sprache
Mit meinem Namen nennst.
Wir treffen uns in der Frühe,
Wenn ich durch die Wiesen geh,
Und jeden Morgen mühe
Ich mich nach dir ab. Ich seh
Dich aber nur selten
Als gelben Flügelfall.
Doch unsre verschiedenen Welten
Verschmelzen im Widerhall
Deiner fliegenden Schreie,
Die wie geschmiedet sind:
Eine erzene Schellenreihe,
Durcheinandergetönt vom Wind.

Verwandlungen

Die Alten sagen, vor hundert Jahren
War unsere Gegend nackt und plan.
Schafe weideten da, wo jetzt Wald ist.
Der Bach war breit. Man fuhr mit dem Kahn
Auf ihm. Und wieder noch früher
Trieb dieser Bach eine Wassermühle.
Wir sind gewohnt, als dauernd zu sehn,
Was sich verwandelt. In unserm Gefühle
Bleiben die Wälder ewig stehn.
Und was in hundert Jahren sein wird,
Ist uns so fremd wie das Geschehn
Auf Sternen in der fernsten Galaxis.
Wir haben unsere eigene Zeit
Und unsere zeitbesessene Praxis.

Und hundert Jahre sind zu weit
Für uns, um hinzureichen.
Wenn wir uns hier nur nicht vergehn
Und lassen Schafgras oder Eichen
Und unsre Erde fortbestehn.

Wenn ich an einem Strome

Wenn ich an einem Strome wohnen würde,
Würde ich sicher anders sein.
Aber ich wohne bei einem Bach,
Und mein Dorf ist nur sieben Häuser klein.
Den Bach befahren die wilden Enten,
Und von hier wird gewiß die Welt nicht bewegt.
Man zehrt geruhsam von den Renten,
Eh man sich spät zur Ruhe legt.
Natürlich produzieren wir auch,
Dies oder das: Holz oder Rüben
Und in der Dämmerung Birkenrauch,
Mit dem wir nicht die Himmel eintrüben.
Das Leben flimmert an uns vorbei
Mit Tagesgeschehen und Wetterkarte,
Und ehe man sich versieht, ist es Mai,
Und ich weiß nicht, was ich hier wohl erwarte...
Wäre ich an einem Strome zu Haus
Oder gar in der Eurigen großen Stadt,
Dann sähe ich sicher ganz anders aus,
Und vielleicht schriebe ich da was, das Folgen hat.

Fluß und Ufer

Der Hochwasser führende Fluß
Wird mit Mühe gebändigt.
Über das, was geschehen muß,
Haben sich Menschen verständigt.
Was in mir strudelt zu fassen,
Ist meine Pflicht allein.
Es wird mir nicht erlassen,
Fluß und Ufer zu sein.

Erlen

Erlen sind schöne Bäume.
Sie stehen immer noch grün,
Wenn golden die Birken vergehen.
Und wenn die Buchen verglühn.

Und sie sind zähe Bäume.
Wenn man sie dieses Jahr fällt,
Sind sie im nächsten Sommer
Schon wieder auf der Welt.

Und machen ein Gehäuse
Flüstergrün und dicht.
Und in der Erlenreuse
Fängt sich am Bach das Licht.

Positives Gedicht

Ich habe viel von den Jahreszeiten
Und wenig vom Morgen gesagt.
Von der Verheißung des ersten Lichts.
Ganz gleich, wie immer es tagt:
Ob regenumwettert, ob sonnendurchsiebt,
Ob im Schneegrau der Winterfrühe.
Ein jeder ehrliche Morgen gibt
Uns Möglichkeiten zur Mühe.
Also werfen wir uns in den Tag hinein
Und bejahen wir diesen Morgen:
Ein andrer Morgen mag anders sein.
Auf die Zukunft darf man nicht borgen.
Denn uns gehört nur der Augenblick.
Wir besitzen nichts als die Stunde.
Und diesen Tag bringt uns keiner zurück,
Geht er ungestaltet zugrunde.
Widersetzen wir uns der Stimmungsmagie!
Wo ist Arbeit, wo ist Leben?
Unterwerfen wir uns dem *Jetzt oder Nie.*
So wolln wir uns morgens erheben.

Dunkelheit

Finnische Finsternisse.
Karelische Dunkelheit
In unsren märkischen Wäldern.
Zwischen Morgen und Abend die Zeit
Bringt nur ein helleres Dunkel.
Es gibt überhaupt kein Licht.
Und dennoch gibt es Leben,
Im Wandel das gleiche Gesicht.
Und dann fällt Schnee und erhellt die
Nördliche Finsternis.

Und wir sehn wieder Konturen
Und sind uns wieder gewiß,
Daß wir überdauern werden.
Kurz ist unsre Dunkelheit.
Und näher hin zu den Polen
Ist es noch mal so weit
Von Licht zu Licht. Und da oben
Und da unten braucht es mehr Kraft,
Die Finsternis zu bestehen.
Und auch das haben Menschen geschafft.

Die Brücke

Einer hat eine Brücke gebaut,
Wo vorher keine war.
Der Bach ist schmal, aber doch zu breit,
Ihn zu überspringen. In all dieser Zeit
(Wir nutzen sie schon ein Jahr)
Hörte der, der die Brücke da hingebaut,
Von uns nicht einen menschlichen Laut.
Warum sind wir so gleichgültig träg?
Ändern wir uns noch heute:
Wir danken für den geebneten Weg.
(Uns helfen viele Leute.)

Schnee

Sei lustig, sei lustig, es schneit, es schneit.
Verachte die leidige Feuerungsfrage,
Verlaß dein Haus und vergiß die Zeit,
Nimm, was du kriegen kannst, von diesem Tage.
Erinnre dich deutlich, was das war: Schnee...

Der erste Schnee in der kleinen Stadt,
Die mich, so seltsam das klingen mag,
Als wildes Kind gesehen hat.
Am alten Wall in Neuruppin,
Zwischen Gräben und Jahrhundertgemäuer,
Die steilen Stürze, die tödliche Furcht
Vor dem fliegenden Abenteuer.
Hinunter, hinauf und endlich hinein
In die gefährliche Dämmerung.
Der safrangelbe milde Schein
Der Gaslaternen ... Erinnerung —
Schon damals wie ein Widerhall
Aus einer Vorvergangenheit:
Der allererste Flockenfall
Am Anfang meiner Erdenzeit.

Gipfelblick

Hinter dem Hause habe ich
Meine eigenen Berge.
An und für sich sind sie lächerlich:
Ein Kaukasus für Zwerge.
Doch gibt es da einen Gipfelblick,
Und wenn ich oben stehe
Und werfe den Kopf so ins Genick,
Daß ich die Ferne sehe,
Schaff ich mir einen Höhenrausch
Von sieben Litern Himmel,
Gekrönt mit einem Wolkenbausch.
Und seh ich das Gewimmel
Von Weiden und von Erlenvolk
Über die Wiese wandern,
Wie hoch steh ich da überm Kolk
Und über allem andern.
Und mir zu Füßen liegt die Welt!
(Oder das liebe Ländchen,
Das man bescheiden dafür hält,
Samt Sumpf und wilden Entchen.)

Winterstück

Vereist ist der See:
Wie gegossen aus Blei.
Am Himmel hängt Schnee
Überm Wildentenschrei.

Am Horizont Schein
Von Schneemorgenlicht:
Die Sonne hat ein
Ikonengesicht.

Der Tag wird vergehen
In Wolken von Schnee.
Wie Sicheln stehen
Die Schilfe am See.

Vom Schreiben

Natürlich könnte ich
Auch komplizierter schreiben
Und könnte Dichtung als
Geheimmagie betreiben.
Ich könnte Chiffren erfinden,
Die nur fünf Leute verstehn,
Und die andern wären die Blinden,
Wir sechs allein könnten sehn.
Ich will aber einfach bleiben
Und nah am alltäglichen Wort
Und will so deutlich schreiben,
Daß die Leute an meinem Ort
Meine Gedichte lesen
Und meine Gedanken verstehn
Und sagen: so ist es gewesen,
Und das haben auch wir schon gesehn.

Spur

Mein ist der Morgen in den Wäldern.
Die Stille, die von Sternen fällt.
Die erste Spur hin zu den Feldern.
Und ich erschaffe mir die Welt.

DIE EINE ROSE ÜBERWÄLTIGT ALLES

Erinnerungsbaum

Bilder wurden in mir einst belichtet,
Die werden niemals nach außen dringen.
Sie sind mit dem Brom des Vergessens beschichtet.
Verworfen als Abfall. Nicht zu bezwingen
Mit Worten, die sagbar sind.
Nur zu verschweigen.
Jähe Bewegung: von fernher ein Wind
Wirbelt in den Erinnerungszweigen.
Die waren früh grün mit Gefühlen belaubt.
Und sind nun grau von Erfahrung verstaubt.
Eine Taube fliegt auf aus dem Baum, und sie spricht:
(Türkisch.) Ich rufe. Hörst du mich nicht.
Sie will mich erinnern. Doch ich weiß nicht, an wen.
Irgendwann irgendwo irgendwas ist geschehn.

Petschora-Höhlenkloster

Petschora — zuerst ist das Erdbeerrot.
Ein Wort, das knarrt, und dann Höhlengänge...
Verwandelt sich hier der berüchtigte Tod
Noch immer in Weihrauch und sanfte Gesänge?
Geordnete Wirtschaft. Man siehts an den Wegen.
Und frisch gekalkt ist das weiße Gemäuer.
Eisgraue Weiblein beim Harken und Fegen:
Der Segen der Mönche ist ihnen teuer.
Die alten Klänge aus alten Farben:
Weiß, blau und gold und das Erdbeerrot.
Grün alten Kupfers. Die glaubenslos starben,
Starben auch einen farblosen Tod...
Keine Visionen vom Paradies,
Das, irdisch erschaut, *so* aussehn müßte:
Freude aus Farben. Der *Heiland* verhieß
Jenseits des Zeitmeers blühende Küste...
Stille geht ein und aus trotz der Leute,

Die um den *Guide*, ihren Leithammel, rammeln
Und die touristische Augenbeute,
Als Beweis ihres *Hierseins*, in Kameras sammeln ...
Die Mönche malen nach *Pskower Schule*
Ikonen, die *fast* wie alte aussehen:
Der *Himmlische* schwebt auf dem Wolkenstuhle,
Während auf Erden *Dinge* geschehen ...
Die keiner versteht. Nur gemalt zu ertragen:
Ganz kleine Krieger auf ganz kleinen Pferden
Reiten in Schlachten, ohne zu fragen ...
Menschliche Hirten mit menschlichen Herden ...
Die Massen gestaltlos: Woge im Meer.
Die Schädel als Wellenbewegung darüber.
Etwas Vergangenes reicht zu uns her ...
Und etwas von uns reicht ins Finstre hinüber ...
Aber die Lilien, die violett dunkeln!
Irdische Weisheit: verwandelter Sand.
Auf dem noch des Maimorgens Frostspuren funkeln:
Das Vergänglichste hält der Vergänglichkeit stand.

Anfang der Liebe

Wind ist gut. Liebe ist gut.
Nacht ist gut. Wenn die Liebe gut ist.
Wissen möchte ich, ob man die Liebe,
Wenn sie einst aufhört, nicht mehr vermißt.

Oder ob sie uns immer bleibt,
Dunkelnd mit uns in dämmernden Jahren.
Ob uns noch *das* zueinandertreibt?
Werden wir leben und es erfahren.

Jünger fühlt es sich grüner an.
Nichts trifft uns gründlich. Alles ist leicht.
Erst wenn man weiß, daß sie enden kann,
Hat man den Anfang der Liebe erreicht.

Juniabend

Kleine Flöte aus Grün: die Stimme der Amsel.
Am Juniabend tönt sie die Zeit.
Die still steht und zittert.
Das Grün ist durchbittert
Von Regen, bis hallend der Wildtäuber schreit
Und läßt die Zeit durch die Kehlwölbung rollen.
Die kleine Flöte verstummt verschreckt.
Doch der Täuber hat mit dem lebenstollen
Ruf das Gewissen der Sonne geweckt.
Das Grün wird entbittert, die Zeit wird bewegt.
Und die Flöte der Amsel wird blau ausgelegt.

Mondrose

Komm in mein Zimmer, wenn Mondlicht ist.
Es hat sieben Fenster mit Seidengardinen.
Die werden vom vollen Mondeslicht
Wie Rosenblätter durchschienen.

Das bin ich sicher: du hast noch nicht
In einer Rose gelegen.
Wir lassen uns vom Mondeslicht
Im Innern der Rose bewegen.

An meine polnischen Freunde

Nun macht der goldene Abenddunst,
Die *Laterna magica*,
Aus anderen Bildern Zauberkunst...
Denn alles, was ich sah,
Erscheint mir abends, unterlegt
Mit Gold und Himmelskühle,
Verklärt zum Bild und sanft bewegt
Von älterem Gefühle...
Mein Inneres erweitert sich
Und tritt aus mir heraus:
Alle Erfahrung bringe ich
In Bildern mit nach Haus.

Nun also Polen. Spät, sehr spät
Geriet es in mein Leben.
Als Rätsel, das sich nicht verrät.
(Vor Zeiten aufgegeben.)
Verschloßne Sprache, sacht versiegelt.
Geheime Zeichen schützen sie.
Der Himmel, den die Wisła spiegelt,
Die Dohle, die im Abend schrie,
Warn mir seit alters her vertraut.
Und andres mehr: die herbe Heide,
Der Sonnenrose gelber Laut
Des Herbstes, den ich lächelnd leide —
Das war sehr nah, doch stumm und blaß
Bin ich durch euer Land gefahren,
Das ich lang scheute. Heilt denn das,
Was euch geschah, in dreißig Jahren?
Ich kann nicht leugnen, deutsch zu sein.
Und deutsch zu denken, deutsch zu sprechen.
Ihr hörtet meine Sprache schrein,
Und willig war sie dem Verbrechen.

O meine Sprache, du mein Leib.
Wenn ich je bin, bin ich in dir.
Und alle Hoffnung, daß ich bleib,
Und alle Kräfte kommen mir
Aus dieser Sprache. Wenn ich schweige,
Schweige ich deutsch. Deutsch ist mein Leben,
Das ich in Worten übersteige,
Um seine Grenzen aufzuheben.

Verzeiht mir, Freunde, diese Liebe
Und daß ich euer Land umfasse,
Als wenn ich eine Sprache schriebe,
Die nie verfalln war eurem Hasse...

Novemberabend

Sing, Vogel in der Erle.
In der Muschel ist keine Perle.
Aber in dir, Vogel, ist noch ein Lied.
Du kannst es aus der Kehle ziehn,
Einen Faden vom Licht, das dich sommers beschien.
Bist du nicht die Ammer?
Dann schmiede, dann schmiede
Den Faden aus Gold zu einem Liede.
Oder bist du die bläuliche Meise
Und swirrst im Novemberabend so leise.
Eintönig wie sommerabends die Grillen?
(Die säumen ein Gewand aus zwei Stillen.)
Also säume den Abend. Der Abend ist kalt.
Und die Kraniche schreien hinter dem Wald
Aus den Sümpfen bis über den Mond.
Der ist von nichts als von Echos bewohnt.
Sing, bis die Enten und Graugänse kommen,
Die haben den Mond in ihr Auge genommen
Und den Stern, der so oder so heißen mag.
Und sie fliegen in die Nacht aus dem Tag
Wie ein Rauch, der schreit, in der Finsternis.

Als ginge durch die Himmel ein Riß.
Vorher sing noch, Vogel, jetzt in der Weide.
Daß das Licht nicht flieht, sondern sanftmütig scheide.

Das dritte

Wenn die Verhältnisse bleiben,
Wie sie sind, bin ich frei.
Frei, zu leben, zu schreiben.
Ich brauche nur drei
Dinge: Gewissen,
Daß ich andern nichts nehme —
Ich brauch keine seidenen Kissen
Und kann auch ohne bequeme
Stühle auskommen.
Das zweite: ich darf ohne frommen
Augenaufschlag sagen,
Was ich sehe in unseren Tagen.
Das dritte wäre Liebe,
Damit ich leben bliebe.

Tote Liebe

Sonne, schöne Sonne,
Gefährtin meiner Jugend.
Amsel, liebe Amsel,
Die ich kannte, da hatt ich noch Tugend
Und Unschuld zu schweigen.
Zum ersten Mal hörte ich sie,
Als ich siebzehn war. Sang in den Zweigen
Eines Friedhofbaums. So wie nie
Nachher hat sie damals gesungen,
So voll Abend und Abschied der Sonne nach.
Ich liebte einen Jungen,
Von dem keiner mehr sprach.

Ketzerei

Die *Unio mystica*,
Von der es aus alten Büchern erzählt,
Ist für uns Ketzer nicht da:
Wir sind nicht auserwählt.

Kleinere Sympathie
An Stelle brennender Liebe —
Rheumatisch schmerzende Knie —
Kann das alles sein, was uns bliebe?

Meine Freunde fangen mit *Yoga* an.
Nach dem Marxismus indische Kunde.
Ein jeder sucht, wie er leben kann.
Kein zweiter ist im Bunde.

Um uns ist Leere. Wir bauen sie zu
Mit holzgetäfelten Wänden.
Wir sagen einander Genosse und du
Und halten uns *nicht* bei den Händen.

Wenn wir nicht unsere Kinder hätten,
Die wir lieben müssen mit allen Schmerzen,
Wär in uns die Ödnis von Schädelstätten,
Und Pesthäuser wärn unsre Herzen.

Stammbuchverse

Die taube Stummheit hinter der Sprache,
Die man alltäglich spricht.
Das Schluchzen hinter der schrillen Lache.
Das nie entschlüsselte Gegengesicht:

Wenn man älter wird, hat man es nicht mehr eilig,
Über andern den Stab des Urteils zu brechen.
Jede Möglichkeit im Menschen ist heilig:
Das vorletzte Wort — mehr wolln wir nie sprechen.

Der Kern

Es muß einen Kern geben,
Zu dem man vordringen muß.
Natürlich: das Leben ist keine Nuß.

So sag doch einfach die Wahrheit:
Wenn es Nacht war, wird es Tag.
Ist das nicht die äußerste Klarheit?
Wer siegte, wer unterlag?

Wenn man gelebt hat, muß man sterben.
Vielleicht ist der Kern der Tod?
Wer wird die Welt erben?
Wer ißt unser Brot?

Werden alle lernen zu denken?
Haben alle dazu Zeit?
Muß man die Menschen lenken,
Damit man sie befreit?

Werden alle Menschen sich gleichen?
Wenn es sein kann, wann wird es sein?
Sprich nicht von Armen und Reichen!
Laß die Frage in dich ein.

Achte nicht auf die Namen,
Sie sind auswechselbar.
Es gingen und es kamen
Die Namen Jahr für Jahr.

Vielleicht ist es der Schluck Wasser,
Den du dem Dürstenden gibst,
Und daß du inmitten der Hasser
Den, den du hassen sollst, liebst.

Ich weiß nicht: was ist der Kern?
Muß es einen geben?
Gibt es nur einen Stern?
Gibt es nur ein Leben?

Falter

Es könnte ein Gedicht sein,
Das nur aus *Ach* besteht:
Ein Seufzer wie ein Falter,
Der taumelt und vergeht.

Künftig

Jedes Lied, das ich schreibe, ist gegen die Schwäche
Und die Verzweiflung gerichtet —
Und wenn ich scheinbar gelassen spreche
Und lasse die Leiden der Welt unbelichtet,
So heißt das noch nicht, daß *ich* sie nicht leide:
Was immer geschieht, geschieht immer auch mir.
Und wenn ich Aufschrei und Aufruf vermeide
Und schreibe nur, wie ich heute und hier
Zu leben versuche, wie möglich vernünftig
Und so, daß mein Leben nicht Leben verneint,
So heißt das noch nicht, daß mein Lied sich nicht künftig
Mit den Gesängen der Massen vereint,
Die brüderlich werden und zu sich erwachen —
Und einmal wird jeder ein *einziger* sein —
Dann geht mein Lied, neben anderen Sachen,
In die *Gen-Reserve* der Menschlichkeit ein.

Rotdorn

Wir haben zwei Rotdornbäume gepflanzt.
Ich kann sie von meinem Fenster aus sehn.
Als Kind hab ich unterm Rotdorn getanzt,
Und manches Liebe ist da geschehn.

Jetzt haben wir für uns Rotdorn gepflanzt.
Von meinem Fenster aus kann ich ihn sehn.
Ich werd es nicht sein, die unter ihm tanzt.
Und auch das Liebe wird andren geschehn.

Fahrwohl

Das Gelb tut meinen Augen wohl.
Der Herbst ist sanft und abends Regen.
Noch pfeift der Wind nicht sein Fahrwohl.
Noch könnte man sich schlafen legen

In diesen Wind und wär gewiegt,
So kaum, wie es die Blumen biegt,
Die gelben Süßkartoffelblüten.

Wie sich die Pflanzen sommers mühten,
Sich auf den nackten Sand zu gründen,
Um ihn zum Herbst hin zu entzünden!

Das Gelb tut meinen Augen wohl,
Das letzte Gelb der müden Tage.
Noch pfeift der Wind nicht sein Fahrwohl.
Noch ists ein Lied und keine Klage.

Bei Isbor

Da war ich glücklich ohne Grund.
Auf einem Hügel, der grün war. Und
Weiter war nichts. Ein sonniger Tag
Beim alten Isbor im Pskower Land.
(Das war meiner Seele seit langem bekannt.)
Frauen kamen und melkten Kühe.
Ein Kirchlein. Ein Friedhof. Verfallen. Versöhnt.
Und weiter war nichts. Silberne Frühe.
An deren Rande Nachtschwärze dröhnt.
Geschichte gewichtlos: Licht auf der Haut.
Das Gesicht von wildem Flieder umblaut.
Liebe, was ist das. Tod? Was vergeht:
Grün, das im Frühwind den Hügel umweht.

Signale

Den Erdball umfliegen die Stimmen der Dichter:
So vieler Dichter aus so vielen Zeiten.
Ich sehe die Stimmen als kosmische Lichter
Einander sich nähern, einander entgleiten.
Doch wie sie sich nahen, empfangen sie Strahlen
Und senden einander Signale zu:
Sieh her, so verwandelte ich meine Qualen
In Leuchtkraft aus Worten. Und wie siegtest du
Über dich selber? Wie sind deine Zeichen?
Was hast du aus deinem Leben gemacht?
Wir können einander nur redend erreichen
Mit Worten aus Licht in der kosmischen Nacht.

Glaube

In Ermangelung eines besseren Glaubens
Glaube ich an mich.
Ich sage mir: Daß du da bist, ist wichtig.
Und: Es geht nicht ohne dich.
Dabei hab ich in Skopje gesehn,
Wie nach dem großen Beben,
Als wärn all die Tode nicht geschehn,
Die Lebenden weiterleben.
Und jeder war wichtig, der da verging.
Und es ging vorher ohne keinen
Von ihnen ... Gesprengt ist der Ring.
Nur noch Schatten über den Steinen.
Aber wir haben keine Wahl,
Als an uns festzuhalten.
Bei uns beginnt die Milliardenzahl.
Und wir müssen sie gestalten.

Memento

Für Lars Gustafsson

Immer das Schuldgefühl gegen Orte,
An denen man nur vorüberging.
Immer das Schuldgefühl gegen Menschen,
Mit denen man nichts als ein Lächeln anfing.
Als wär nicht an jedem Orte die Welt.
Und als wäre nicht jeder Mensch ein Wunder.
Wir zeigen einander, wir Seelenerkunder,
Nur Züge von Masken. Wir sehen uns nicht.
Wir fürchten uns vor dem *eignen* Gesicht.
Wir wolln *anders* leben.
Wir wolln *anders* lieben.
Und werden vom gleichen Gesetz getrieben.
Und jede Verzückung und jede Qual
Gibt es auf Erden milliardenmal.

Glück

Solange wir leben, streben wir
Nach dem Sättigungsgrad von Glück,
Bei dem wir verstummen.
Kehren die Worte zurück,
Sind wir schon aus der Woge heraus,
Die uns von uns befreit.
Spricht man das Glück mit Worten aus,
Ist es von uns schon weit
Entfernt. Wir suchen schon
Nach dem neuen Aufschwung ins Nichts.
Glück ist die Explosion von Zeit
An der Überfülle des Lichts.

Werte

Die guten Dinge des Lebens
Sind alle kostenlos:
Die Luft, das Wasser, die Liebe.
Wie machen wir das bloß,
Das Leben für teuer zu halten,
Wenn die Hauptsachen kostenlos sind?
Das kommt vom zu frühen Erkalten.
Wir genossen nur damals als Kind
Die Luft nach ihrem Werte
Und Wasser als Lebensgewinn,
Und Liebe, die unbegehrte,
Nahmen wir herzleicht hin.
Nur selten noch atmen wir richtig
Und atmen die Zeit mit ein,
Wir leben eilig und wichtig
Und trinken statt Wasser Wein.
Und aus der Liebe machen
Wir eine Pflicht und Last.

Und das Leben kommt dem zu teuer,
Der es zu billig auffaßt.

Lied

Die letzte Sonne des Jahres.
Der letzte Schmetterling.
Violett blüht die letzte Distel,
Da wo ich gehe und ging
Im Vorjahr und all die Jahre
Vor diesem letzten Jahr.
Wieder die Abschiedsvorstellung.
Was ist, was wird und war,
Verschwimmt in eines. Verändert
Bin vielleicht nur ich.
Und eines Herbstes septembert
Es ohne mich.
Die letzte Sonne des Jahres.
Der letzte Schmetterling.
Violett blüht die letzte Distel,
Da wo ich gehe und ging.

Oktobernacht

Ich mache ein Gedicht,
Das aus Schweigen besteht.
Löscht meine Worte aus
Und seht: Der Nebel geht
Über die Wiesen. Und droben
Der große Oktobermond.
Die Nacht ist von schreienden Hirschen
Und ihren Jägern bewohnt.
Die Nacht ist völlig windlos.
Keine Bewegung im All.
Bis auf die Birke mit ihrem
Lautlosen Blätterfall.

Widerhall

Sobald man sich vom Haus entfernt,
Bemerkt man: Die Erde ist rund.
Und sie ist kosmisch eingesternt
In einen Weltenbund.
Die Schwerkräfte verlagern sich
Aus uns hinaus ins All.
Sagen wir tapfer weiter: *ich*.
Wir hörn den Widerhall.
Die Wirkung, die der Raum uns schafft,
Hört nicht an Grenzen auf.
Kosmisch wird unsre kleine Kraft
Und endlos unser Lauf.

Die *eine* Rose

Die *eine* Rose überwältigt alles,
Die aufgeblüht ist aus dem Traum.
Sie rettet uns vom Grund des Falles.
Schafft um uns einen reinen Raum,
In dem nur wir sind und die Rose.
Und das Gesetz, das sie erweckt.
Und Tage kommen, reuelose.
Vom Licht der Rose angesteckt.

Risiko

Es gibt zwei verschiedene Haltungen
Gegenüber dem Leben.
Die eine: Streben nach Sicherheit.
Die andre: Sich über Schicksal und Zeit
Und alles das erheben.

Das Risiko muß man bejahn:
Man arbeitet ohne Seil.
Es macht nichts, wenn man sich außen verletzt:
Innen bleibt man heil.

Das ist die Haltung der Sucher und Finder:
Nicht auf Sicherheit, auf Sinn eingestellt,
Können sie auf fast alles verzichten,
Nur nicht auf ihren Entwurf von der Welt.

ZWIEGESPRÄCH

Zwiegespräch

Rühr mich an, Gras, sprich mit mir,
Graues Gras des falben Sandes.
Waldgras, Raingras, sprich zu mir
Ohne Worte des Verstandes.

Zungenloses, sprich mit mir.
Augenloses, sieh mich gehen.
So gewiß kam ich zu dir:
Du wirst mit mir einverstehen.

Rühr mein Herz, o sprich mit mir.
Es verlangt mich so nach Rührung.
Karges Gras, sprich karg zu mir.
Ohne Worte der Verführung.

„Armes Kind", so sprich mit mir,
„Kennst du mich noch? Was soll werden?
Besser bleibst du jetzt bei mir,
Denn hier kannst du wieder werden,

Wie du warst." So sprich mit mir.
Ja, ich hab es einst besessen.
Was es war, Gras, sag es mir.
Gras, ich habe es vergessen.

Märkischer Juni

Das Silber der Gerste ist Bronze geworden.
Das silberne Bauchvlies der Felder verschwand.
Jetzt hat der Juni die Grannen geröstet.
Der Roggen wird falb. Satt liegt das Land,
Ein schlafendes Tier in der Mittagsschwüle.
Doch in der windigen Abendkühle
Bläst es kleine Fontänen Sand

Beim Atmen aus. Die staubigen Raine,
An denen Mulden voll Mohn verglühn,
Sind in Bewegung zum Kiefernhaine,
Den würgend wilde Holunder durchblühn.
Die Dörfer schlafen den Schlaf der Rosen,
Die dämmernd in sich versunken sind.
Hofhunde verbellen in mondscheinlosen
Halbnächten furchtsam das weidende Rind.

Trauer

Die glühenden Nächte im Juli.
Und der Tod kam über des Nachbarn Haus.
Sein kleines Kind ging aus
Wie eine Flamme.
Zwei Fledermäuse flogen nachts in mein Zimmer.
Sie weckten mich schwirrend im Dämmer gegen eins.
So ist das Leben also noch immer:
Da war ein Kind und ist nun keins.
Die Mutter habe ich, als sie klein war, gekannt.
Damals ist sie an meiner Hand gegangen.
Heut hielt ich wieder ihre Hand.
Mit Worten war nichts mehr anzufangen.
Die Trauerflügel der Fledermäuse
Durchflirren das beinweiße Gräberlicht.
Dunstschwüle drückt sich ins offne Gehäuse
Und tränt von meinem versteinten Gesicht.

Freiheit

Wie es scheint, soll nun das meine Freude sein.
Die einzige Freude, die ich noch habe:
In der Sonne sitzen auf einem Stein.

Zu Füßen die Wiese im grünen Grund.
Eine Wildtaube fliegen sehen
Und mich erinnern mit lächelndem Mund.

Die heimliche Freiheit der Einsamkeit
Im stillen Monat September.
Das war schon immer die beste Zeit.

Lavendelfarbenes Bergknöpfchen blüht.
Um die Schafgarbendolden streift eine Biene,
Die sich zum Sommerende noch müht.

Das Bienensummen schläfert mich ein:
Ein freundliches kleines Nirwana.
Und die Sonne wärmt mein altes Gebein.

Wie es scheint, soll nun das meine Freude sein.

Bläue

Diese Septembertage: wie Bögen
Von Morgen zu Abend gespannt.
Früh Nebel. Kälte. Drei Stunden später
Steht eine kasachische Sonne über dem Land,
Das grün ist nach diesem verregneten Sommer.
An den Birken noch nicht ein gilbendes Blatt.
Die Weiseren wußten es: so wie immer
Findet auch dies Jahr der Ausgleich statt.
Wie gewaschen der Himmel. Von wirklichster Bläue.
Nur überm Walde von leisesten Wolken besetzt.

Noch jagen die Schwalben. Noch tragen die Bienen.
Und wollen wir leben — wann wenn nicht jetzt,
Wo die heimlichen Grillen noch lichtselig sind,
Wo der Rabenschrei nichts als Taglust bedeutet
Und die Wärme so stark ist, daß sich die Libelle
Noch mit Hoffnung der Nacht ihres Panzers enthäutet.
Triumphale Tage von Morgen zu Abend.
Blaue Bögen von Nebel zu Nebel gespannt.
Hohen Mittags träuft von der Wölbung die Bläue
Und erblüht als Viole im glücklichen Sand.

Wind

Kühler Abend ins Ungewisse
Anfang Oktober. Die Welt hat Risse.
Frost dringt hindurch. Es leidet
Mein Freund. Ich denke
Worte an ihn. Sagen
Kann ich die Worte nicht.
Daß ihn kein Mitleid kränke.
Wenn eins vom andern scheidet,
Schmerzen selbst Freundesfragen.
Es hilft nicht, wenn man spricht.

Kalter Abend, von Norden kommt Wind.
Wohl denen, die beieinander sind.

Märzsonne

Die Meisen klingeln im Birkengeflimmer.
In den Weiden auch. Über Schnee und Schimmer
Scheinet auf Sonne das schöne Gestirn
Und löset die Klöpplein in Vögeleins Hirn.
Das klingelt und pingelt und rieselt vom Zweig:
Merket ihrs, merket ihrs, grün wird der Steig!

Heiteres Licht

Wie Duft erotisch wie Wohlgeruch
Die Stimme der Amsel wie Zauberspruch.
Ganz sinnlich wird mir lustig zu lieben.
So haben wir wieder den Winter vertrieben!
Nun soll mir kein arges Wort mehr entkommen!
Die Amsel hat mich zusammengenommen.
Heiteres Licht läßt die Wässerlein beben.
Ich pfeife mir eins. Spitzfindiges Leben!

Grünes Stück

Ja doch, es lebt sich! Nichts als Schimären,
Grillen gezeugt in Dunkelheit
Zirpten aus mir in finsterer Zeit.
Jetzt soll die Kehle sich wieder klären.
Ich singe ein Lied von Sonne und Glück.
Summe dem Frühling sein grünestes Stück.
Kontrapunktiert vom Gesumm einer Biene.
Dazu macht Leben zärtliche Miene.

Interruptio

Ich muß meine Trauer begraben
Um das ungeborene Kind.
Das werde ich niemals haben.
Dämonen pfeifen im Wind
Und flüstern im Regen und speien
Mir grade ins Gesicht.
Und mag auch *Gott* mir verzeihen.
Ich verzeihe mir nicht.

Es hat mich angerufen,
Es hat mich angefleht,
Ich sollt es kommen lassen.
Ich habe mich weggedreht.
Es gab mir kleine Zeichen:
Eine Vision von Haar.
Und zwei, drei Vogellaute
Einer Stimme von übers Jahr.
Ich hätt es sehen können,
Hätt ich es sehen gewollt.
Es war ja in mir entworfen.
Ich aber habe gegrollt
Über die Tage und Jahre,
Die es mir nehmen wird,
Und um meine grauen Haare,
Die Krankheit. Und, wahnwitzverwirrt,
Hab ich mich darauf berufen,
Ich sei *zum Schreiben bestellt.*
Dabei war vielleicht diese Hoffnung
Viel wichtiger für die Welt
Als all meine Selbstverzweiflung
Und die kleinen Siege in Grün,
Die ich dem Leben abringe
Und den Dingen, die dauern und fliehn.
Das schwere Recht der Freiheit
Hab ich für mich mißbraucht.
Und hab mich für immer gefesselt.
In Tiefen bin ich getaucht,
In Trauer bis zum Irrsinn.
Es brodelt noch neben mir.
Die unsühnbare Sünde
Unterscheidet mich vom Tier.

Farbenzeiten

O Farbenzeiten. Blaue Zeit.
Blau war die Kindheit. Eine Weile.
Nun wächst in mir die weiße Zeit.
Die ich mit Mond und Wermut teile.

Was heilig ist

Heilig sind Kinder. Der große Entwurf
Einer Gestaltung, die nie ganz gelingt.
Für deren programmierte Entfaltung
Keiner von uns die Geduld aufbringt.
Wir haben so sehr mit uns zu tun,
Daß wir sie achtlos aufwachsen lassen.
Wir sorgen für sie mit Kleidern und Schuhn
Und lehren sie, nicht die Zeit zu verpassen.
Wir unterwerfen sie der Dressur
Und bequemen sie den Verhältnissen an.
Manchmal erschreckt uns ihre Natur:
Die Unschuld, der man nicht antworten kann.

Genealogie

Jetzt streiten sich die väterliche
Und die mütterliche Sippe um mich.
Welche hat mir das *Talent* vererbt?
Die *Gens* versammelt sich.
Die väterliche Linie weist den Großvater vor,
Der zwar nicht schrieb, doch als Halbkünstler galt.
Malermeister, der sein Vermögen verlor.
Er versoff das Geschäft. Ein Mensch ohne Halt.
Seine Frau mußte sich von ihm scheiden lassen.

Wegen der Schande. Die Töchter waren schon groß
Und gezwungen, in der Kleinwelt der Stadt Fuß zu fassen.
Sie sagten sich von dem Alten im Radmantel los.
Der erschien auf Rügen in Seglerschuhen
Und weißer Mütze und schöpfte dort,
Wenn er nicht vorzog, sich auszuruhen,
Mit Farbe und Pinsel von Ort zu Ort.
Einmal ist er auch in dem Dorf aufgetaucht,
In dem die Familie meiner Mutter wohnte.
Der Kirchenanstrich war abgebraucht.
Und weil man ihn erst nach Arbeit entlohnte,
Hat er das Kirchenschiff rosa gestrichen
Und das Deckengewölbe mit Laub überdacht.
Als ich Kind war, war die Farbe noch unverblichen,
Und ich wußte: das hat der Großvater gemacht,
Den ich nicht kannte. Doch man sagte: er lebt.
Und einmal hab ich ihn wohl gesehen.
Verschwommen, so wie ein Schatten verschwebt,
Sah ich den Alten im Fernen vergehen...
Mein Vater hat die Geige gespielt.
„Überhaupt spielte er alles. Und ohne Noten!"
Ich weiß nicht, wie es sich damit verhielt.
Seit dreißig Jahren ist er bei den Toten.
Seine Schwestern galten als *geistreich* und waren dick.
Zu diesem Erbe muß ich mich bekennen.
Die Mütterlichen waren dünn, wie gedreht aus Strick.
Armeleute, gemacht zum Bücken und Rennen.
Doch in ihnen war was vom Geist der Rhapsoden.
Sie psalmodierten Lebensgeschichten.
Ihr Leben wuchs aus kärglichem Boden.
Doch Reichtum gewann es in ihren Berichten.
Und Weisheit blühte als kleine Blume,
Ein Küchenkraut wie Thymian.
„Ja, aus der Schwyz kam der Großmutter Muhme.
Und Schuster war der Elterahn!"
Von wem hab ich also das Zweite Gesicht,
Die Flötentöne des Rattenfängers,
Die Wortlust, die sich Kränze flicht,
Die Seele des heimlichen Liedersängers?
Es waberte wohl wie Nebelschwaden
In Menschen, die mir voraufgegangen.

Erst mich schlang das *Schicksal* in seinen Faden
Und ließ mich so überm Abgrund hangen.
Ich leide es. Und sie sind stolz.
Man rühmt mich ihnen. Sie heimsen es ein.
„Ist sie nicht entsprossen unserem Holz?
Da konnte es nicht anders sein..."

Ahnung

Ich wußte ja, daß es kommen wird,
Daß all meine Kinder von mir gehen.
Doch dachte ich nicht, es soll jetzt geschehen.
Es ging so schnell! Ich bin wie verwirrt,
Als würde ich krank, als hätte ich Fieber,
Mir ist zum Weinen, weil nun auch mein lieber,
Noch eben kleiner Sohn mich verließ.
Die Zeit ist vorbei, da es „Mutter!" hieß
Als erstes Wort morgens, als letztes zur Nacht.
Was haben wir mit dem Leben gemacht,
Daß es so jagend vorbeigeschnellt ist.
Nun nur noch Schmerz, der sich nicht mehr vergißt,
Weil es ihm keine Heilung gibt.
Ich habe die Söhne als Kindlein geliebt,
Als mein als mein als selbstausgebrütet.
Und Eifersucht hat sie großgehütet.
Nun zeigt es sich, daß sie Menschen sind
Mit ihrem Recht und niemandes Kind.
Und ich bin ledig so wie vor Jahren,
Arm aber reich am Leben erfahren.
Und Ahnung von Möglichkeit wandelt mich an:
Ich kann neu beginnen! Wenn ich es kann.

Lust der Entdeckung

Die Dörfer der Kindheit, die sandigen Dörfer
Mit Schneckenschwarz unterm Fliederstrauch
Und Klettengrau der staubigen Sommer...
Der *Ungeist* wütete damals auch,
Wie man erfuhr in späteren Zeiten
Über diese Zeit. Ich aber sah
Erstmals Hühner in Tagschlaf gleiten,
Nistend im Hofmulm. Und es geschah,
Daß sie girrten im halben Schlummer.
Sie schlossen das untere Augenlid!
Lust der Entdeckung! Jenseits von Kummer,
Der die Erinnerung trübe durchzieht.

Vom schwedischen Freund

Lars Gustafsson aus Västerås
Der Dichter hat eine Frau Madeleine.
Tochter und Sohn:
Lotten und Jon.
Und versucht die Welt
Vom Grund zu verstehn.
Er hat in Oxford
Philosophie studiert.
Und hat auch in
Philosophie promoviert.
Doch der *Satz vom zureichenden Grunde*
Erweist sich als nicht zureichend gut.
(In Västerås fällt so viel Schnee!)
Zureichender: Holzfäller,
Baum Axt Glut.
Madeleine kocht Tee.
(Intellektuelle trinken
Überall Tee.)
Sohn Jon hört die *WHO*.

Herr Gustafsson schreibt.
Draußen fällt Schnee...
Kind Lotten schon Jungfrau!
Die Jahre vergehn.
Noch immer lebt Lars
Mit Madeleine.
Das klingt ganz einfach.
Und heißt doch was sagen.
Vor allem an kalten
Schwedischen Tagen...
Und ihrem Leben gleicht unser Leben.
Wir erfindens nicht neu.
Das ist es eben.

Vom Abend des fünften Februar

Ein klassischer Winterabend.
Die Kälte zieht an. Der Wasserduft
Getauten Schnees gefriert in der Luft.
Jetzt ist es schon heller als im Dezember.
Gegen sechs Uhr ist noch Zwielicht zu sehn.
Klar sieht man im Westen die Abendröte.
Nach Süden sieht man den Mond aufgehn.

Vom ganz weißen Schnee steigt weißer Dunst.
Oder ist es die Dämmrung, die langsam aufsteigt?

Das ist die Stunde der Lebensgunst.
So sieht das Glück aus, wenn es sich zeigt.

Trauer nach Süden

Der Absturz ist schrecklich: vom blauen Süden
In dieses gelbe und graue Land.
Ich kann und kann nicht wiederfinden,
Was ich doch früher zu Hause fand.

Ich liebe die Lieder, die südlichen Lieder,
In denen es nur um das *eine* geht.
Ich möchte leben beim Oleander,
Der dort vor jeder Hausschwelle steht

Und der noch auf den neuen Balkonen
Der Hochhäuser in der Heimat ist.
Nur daß mich Deutsche im blauen Süden
Nicht einer braucht und keiner vermißt.

Heimkehr von Struga

Für Tadeusz Różewicz

Nun bin ich in meinem traurigen Land.
Sehr traurig nach den Tagen
Im Süden. Sonst mag ich das Land
Und lebe da ohne Klagen.
Eine Weile: die Sehnsucht nach Sonne vergeht.
Es macht sich wieder. Und man versteht
Die einfachen Alltagsfragen
Der Leute. Man ist wieder frei
Von der billig verliehenen Größe.
Man haßt das poetische Marktgeschrei
Und kennt wieder seine Blöße
Und deckt sie wieder mit Worten zu
Und versieht sich mit neuen Häuten,
Die, abgelegt, eines anderen Tags
Vielleicht anderen etwas bedeuten.
Man zieht seine Spur im eigenen Land,
Ohne sich umzusehen.
Manchmal denkt man an einen, den man verstand.
Und dann denkt man: er wird dich verstehen.

Brief aus Gagra

Sie haben hier einen Himmel
Lila und abends leicht irr.
Die Stadt: eine Brosche aus Gablonz.
Die Bucht bunt von Lichtergeflirr.
Morgens watscheln die Möwen
Wie Enten über den Strand.
Sie suchen nach Vegetabilien
Im bei Sturm überfluteten Sand.
Sie sehen domestiziert aus
Und wie inventarisiert.
Merkwürdig, wenn eine Möwe
Das Möwesein verliert!
Es verliert ja alles die Ursprünglichkeit.
Da ist nichts zu machen: Das ist eine Fabrik,
In der Bräune erzeugt wird und Liebe auf Zeit
Und südliche Nacht mit Maschinenmusik.
Die silbernen Augen der Mädchen,
Die mannlos gekommen sind,
Werden nach wenigen Tagen
Entweder beschlagen und blind
Oder sie triumphieren:
Freundinnen sind entzweit.
Doch die heute das Glück verlieren,
Verlieren das morgige Leid.
Die federnden Körper der Burschen
Gehen synchron mit den Wellen.
Unfaßbar wie die Bewegung,
Mit der die Wasser schwellen.
Die Leiber suchen die Leiber.
Und eine Seele glaubt, sie ist gemeint.
Die alte Geschichte: heut Mädchen,
Morgen Frau, die weint.
All diese Banalitäten,
Bijouterie und Konfektion...
Und doch hat unter den Städten
Auch diese *ihren* Ton.
Die Kehlsprache der Abchasier
Und ihr verächtlicher Blick,

Mit dem sie die Fremden ausschließen,
Man spürt ihn im Genick.
Sie leben beständiges Leben,
Das flüchtige Menschen blicklos vergißt
Und die Zeit am Triebe der Reben
Und an den Trauben mißt.

Eichengrün

Eichengrün. Anderes Grün.
Kein deutsches Grün. O kaukasische Eiche.
Auswärts von Gagra, der lieben Stadt.
Der ich Gesuch um Vergebung einreiche,
Weil ich einst aufschrieb, was mich da kränkte:
Ich schrieb über ein mir mißliebes Bild.
Aber ich habe zuwenig geschrieben,
Was mir da mild
War: die seidenen Tage.
Der große Rundhorizont überm Meer.
Nächtlich alte Zikadenklage.
Und vor allem die Eiche, die schwer
Wie ein Felsstumpf am Hügelhang steht.
Vom Reisigrauch aus den Gärten umweht.
Wo alte Mütter mit Heiligenhänden
Leben glätten und Zeit abwenden.
Unter der Eiche kam mir eine Alte nah,
Wie es einst meine Großmutter war.
Sie ist an mir vorübergegangen.
Und ich habe ihrem Geruch nachgehangen.
Ihre Röcke rochen nach Backrauch von Brot.
Und nach Sonne roch ihr verwittertes Haar.
Sie war schon so alt und ist vielleicht tot.
Doch sieht sie mir nach über Tag und Jahr
Wie sie mir nachsah. Ich war ihr fern
Und fremd: eine bleiche Verneinung
All ihres Lebens. Doch steht sie für mich
Im Dunkel der Eiche als Lichterscheinung.

Eichengrün. Kaukasisches Grün.
Kein deutsches Grün. Das ganz und gar andre.
Gegen das die geborstenen Lehmerden glühn.
Über die ich im Wind der Erinnerung wandre.

Kolo

Soll ich gehen, soll ich nicht?
Ein paar Tage südwärts fliegen,
Unterm makedonschen Licht
Ohne meinen Schatten liegen?

Wird es mir noch mal gelingen,
Deutsche Häute abzustreifen
Und beim *Kolo* mitzusingen,
Ohne etwas zu begreifen?

Wenn ich in den Spiegel spähe,
Sage ich mir: laß es bleiben!
Schließlich kannst du aus der Nähe
Dichtend in die Ferne treiben.

Du hast alles schon genossen
Und gesehen und geliebt.
Deine Jugend ist verflossen.
Wohl dem, der sich drein ergibt.

Wie ich so vernünftig denke
Und bewußt Entschlüsse fasse,
Tauche ich in meine Schränke
Und probiere, ob er passe,

Den verwegen roten Rock,
Den ich letztes Jahr getragen.
Und ich denke: mit dem Stock
Sollte man dich Alte schlagen.

Die Brücke

(Zeitweil habe ich das Gefühl,
Ich muß ein Destillat aus mir treiben.
Druck muß erst sein. Dampf muß erst sein.
Dann aber muß er fallen. Kühl
Muß man den Rückschlag, das Wort, hinschreiben.)
Grüß euch, Freunde, am Ohridsee!
Ob ihr mich wohl in Struga vermißt?
Ihr trinkt heut Wein, ich trinke Tee.
Wie es bei Krankheiten üblich ist.
Wär ich nicht krank, ich wäre mit euch
Kokons von Dichtern, die in euch stecken,
Und redete rauschhaft närrisches Zeug,
Nur um ein wenig Nähe zu wecken
Und über die Ferne hinwegzutäuschen,
Die einen Dichter vom anderen trennt
Und durch den Nebel von Reden und Räuschen
Im Auge des Freundes feindlich entbrennt.
Es gibt keine Brücke. Es kann sie nicht geben.
Ein jeder von uns lebt in Einzelhaft.
Doch ist unser ganzes Dichten und Leben
Nur dazu gut, daß es Brücken schafft.

Moravani

Gegen der Sonne über.
Bei Odermennig und Mohn.
Bei Rotklee, bei Weißklee. Und drüber
Der Nachtigallen Ton.

An solch einem blauen Morgen
In Moravani zu sein!
Für nichts als ein Gärtchen zu sorgen:
Sieben Handtücher klein.
Und Hühner haben und einen
Weiß marmorierten Hahn
Und wissen: ich habe keinen
Schritt von dem Wege getan,
Den *Gott* mir vorgeschrieben,
Als er mich leben rief...
So wird er mich *ewig* lieben,
Wenn meine Zeit ablief...
Indessen Kirschbäume pflanzen.
Mit den Früchten zu Markte ziehn
Und feiertags singen und tanzen:
Das freut und lobet ihn! –

O Einfalt des Reisigrauches,
Der abends das Dorf durchzieht.
Waschblau des alten Gebrauches.
Auf Spindeln gedrehtes Lied.

Und auf dem Hügel liegen,
Geliebt, bepflanzt und beweint —
Über siebzig hölzerne Stiegen,
Wo früher die Sonne scheint
Als im Dorf — die ehrbaren Toten:
Manželka Amalia und *er*,
Und *sein* Wald sendet fliegende Boten,
Tannsämlinge, zu ihm her.

Der Horizont ist umfangen
Von Bergen. Ein reiner Kreis
Aus durchsichtig blauen Volangen,
Wenn es Mittag ist. Dunstig und heiß.

Am Zaun ranken Feuerbohnen.
Bald kommt ihre rote Zeit.
Dann in Moravani zu wohnen!
Aber ich bin dann schon weit.

In einer alten Stadt

Nach Hermann Hesse

Ich bin in Kazimiercz gewesen.
Ist eine alte Stadt.
Ich hatte von ihr nie gehört noch gelesen,
Daß sie Häuser der *Wiedergeburtszeit* hat.
Eins heißt *Zum Heilgen Christophorus*
Und erzählt die Legende vom Kinde schön.
Und unter der Stadt fließt der Weichselfluß,
Der hat die frommen Erbauer gesehn
Und nicht gesehn. Die Wasser sind
Vorübergeflossen. Vorbei.
So wie der ewig vergängliche Wind
Singt um die Klerisei,
Die über der Stadt auf Dauer steht,
Geschlossen zum weißen Quadrat,
In dessen Grashof ein Brünnlein geht
Und dient den Amseln als Bad.
Eine Katze kam mönchisch gemessen einher.
Arglos. Tötung im Sinn.
Das Gemäuer war von Geschichte schwer.
Zeit ging über uns hin.
Doch hab ich da auch die Unschuld gesehn:
Einen schwebenden Hirsch aus Holz.
Ich wollte weinen, so war mir geschehn.
In eins fielen Demut und Stolz.
Tereza kaufte uns Weizenbrot,
Einen ritterlich blanken Hahn,
Der schrie: ihr Mädchen, macht mich nicht tot,
Ihr Kinder, tut mirs nicht an!
Dann bin ich aus Kazimiercz gefahren
In Abend und Ebne hinein.
Im schwarzen Kleid eine Frau bei Jahren,
Wie eine Gestalt aus Stein,
Auf hohem Balkon am neuen Haus,
Das nackt vor der Ebene stand,
Sah in ihr vergangenes Leben hinaus.
Und Schatten fiel über das Land.

Sabah

Neunundsiebzig Rosensträucher
Habe ich in meinem Garten.
Allerlei vertrackte Sorten:
Über-Unter-Nebenarten.

Nicht mal weiß ich, wie sie heißen.
Ich bin keine Gärtnerin.
Doch die Namenlosen reißen
Mich zum Namengeben hin.

Porzellanenweiße Schöne
Mit den morgenroten Rändern,
Rein wie erst gedachte Töne:
Nicht in südlich reichen Ländern

Habe ich dich je gekannt!
Erst mein träumerisches Mühen
Ließ aus unserm armen Sand
Morgenröte auferblühen.

Morgenröte sei der Name!
Sabah will ich sie benennen!
Neunundsiebzig Rosenseelen
Solln in meinen Namen brennen.

Strahlung

Die Leute meinen immer, Gedichte
Werden aus Worten gemacht
Und sind nichts weiter als Lebensberichte,
In Reim und Rhythmus gebracht.
Dabei sind Gedichte unsichtbare Wesen,
An die wir manchmal streifen.
Was wir mit unseren Augen lesen

Ist nicht mehr, als was wir begreifen
Von einem Rätsel, das Strahlung heißt
Und ewig bewegt ist in sich
Und das uns aus unseren Bahnen reißt
Und schleudert dich gegen mich.
Was sind schon Worte? Worte sind leicht.
Das Leichteste auf der Welt.
Und mit Worten allein hat noch keiner erreicht,
Daß die Zeit in den Raum einfällt
Und stehenbleibt und geht nicht mehr
Vor und nicht mehr zurück.
Gedichte sind Antimaterie. Schwer.
Monolithisch. Wie der Tod. Wie das Glück.

Beweis

Schöne schöne Liebe. Im Juni der Rosen
Wer sagt nicht mehr jung
Heiß beieinander liegen
In der weißen Dämmerung.

So gibt es doch Glück. Wer hat
Es uns anders gesagt.
Der Beweis des Glücks findet statt
Zwischen dir und mir bis es tagt.

HELIOTROP

Am Ende

Gleichzeitig dem, daß es einfacher wird,
Was zu sagen wäre: es lebe das Licht!
Rankt sich zur Kunst das Wort im Gedicht,
Von der zu einfachen Wahrheit beirrt.

Ich lebe. Ich sterbe. Es lebe das Licht.
Gebt Frieden. Laßt mich das Lebensbrot essen.
Ich hab es noch nicht zu Ende gegessen.
Ja, wäre denn das, vor der Kunst, ein Gedicht?

Am Ende wird alles zu einfach zum Sagen.
Am Ende heißt reden überhaupt schweigen.
Und selbst mit Blicken die Richtung zu zeigen
Ist schon so falsch wie die Antwort auf Fragen.

Der Morgen, der Abend, der Tag und die Nacht.
Der Frühling, der Sommer, der Herbst und der Winter.
Der Mensch ist verletzlich. Der Tod hat die Macht.
Gemalte Kulissen. Und Dunkel dahinter.

Doch vorn ist das Licht. Es lebe das Licht!
Überhaupt ist es gut, in der Sonne zu leben.
Und Worte braucht es dabei nicht zu geben.
So einfach am Ende wird das Gedicht.

Bald

Das kurze rhythmische Rutenpfeifen
Der Rabenschwingen beim Überflug...
Das eine Paar, das die Gegend trug
Vor zwanzig Jahren, schien nur zu schweifen
Für einen Sommer in unsren Gefilden...
Nun könnten sie schon Flugketten bilden,
Die Wotansvögel, die Zeus uns gesandt!
Starräugig spähn sie ins liebliche Land
Und rufen einander, was sie da sehen.

Und unberufen kann keiner mehr gehen
Durchs Wiesenoffne zum bergenden Wald.
Die schwarzen Raben knarren: bald
Und kalt und bald und Wintersnot,
Wird sein ein eisig Morgenrot
Und knirschend Schnee und schneidend Luft.
Und ringsum noch alles September und Duft,
Den Sonne sommernd der Erde enthebt
Und der vom toten Kieferngrün lebt,
Das den Boden bedecket. So sagen sie wahr
und spähen voraus ins wandelnde Jahr
Und lassen uns nicht im Zeitlosen schweifen…

Das kurze rhythmische Rutenpfeifen.

Jugend

Der junge Dichter mit dem spöttischen Mund
Hat mich so höhnisch angesehn.
Ich sah nur im Vorübergehn
Seinen Knabenschädel geschoren und rund
Und dachte (da ich eine Mutter bin,
Dachte ich voller Erbarmen):
Söhnlein ihr armen,
Ihr glaubt noch, daß ihr unsterblich seid
Und nur die alten Mütter müssen vergehen…
Und werdet, auch ihr! jongliert von der Zeit
Und stürzt eines Tags. Ihr werdet schon sehen…
Indessen Heil! Eurem Hohne Heil!
Und dem Hunger auf die unteilbare Welt,
Der eure Kindergesichter entstellt!
Ja, treibt nur euren Wortekeil
Ins träge Hirn, bis es ergellt
Und endlich greift, das ist gemeint:
Unfrieden maßlos Lästerung.

(Und niemand hat ihn gern zum Feind.
Der Dichter ist so schön und jung.)

Lichthorizont

Einundfünfzig, ich gebe mir noch eine Frist
Von neunzehn Jahren, wie leg ich sie an?
Mit Wiederholung des immer gleichen
Tages und Lebens? Werf ich die Weichen
Herum und fahr andere Bahn,
Wenn auch die Strecke abschüssig ist?
Das sowieso und ist so wie mit den Jahreszeiten:
Im Frühling scheint es ein mähliches Gleiten.
Im Juni steht Zeit überm Lichthorizont.
Wir sind vom Gefühl der Dauer durchsonnt,
Denn eben erst will der Sommer beginnen...
Auf einmal September. Frühnebel spinnen
Und Abendnebel die Tage ein.
Ists da nicht am besten, zu Hause zu sein
Und nicht auf fremden Wegen zu schweifen,
Wo Kälte und Regen nach einem greifen
Und man sich nicht erwärmen kann...?
Was fängt man mit einundfünfzig noch an?

Wohl könnte man lieben, doch lächerlich,
Ein Bettel ist es, den Glanz zu begehren,
Das Meeresleuchten auf südlichen Meeren,
So, Blendung und Täuschung, Liebe aufscheint.
Sei ferne von mir und bleibe verneint,
Auch wenn ich des Wunders gewärtig bin,
Einmal noch neigte sich einer hin
Zu mir und bejahte mich
Lächelnd. Mein anderes Ich,
Mein Mann, kanns nicht sein, er kennt mich zu gut,
Die Abstürze in Verzweiflung und Wut,
In Alter, Alltag, Alltäglichkeit.
Wir leben synchron in synchroner Zeit,
Die geht und vergeht im Geleise der Pflicht.
Ich aber sehne für mein Gedicht
Jenen Glanz herbei, der das Wunder braucht,
Und sei es vom Grund der Hölle getaucht...
Als Dichter bin ich zu allem bereit
Für den Gewinn an gesetzloser Zeit,

Die stehen bleibt überm Lichthorizont
Und uns mit dem Duft von Dauer durchsonnt …

Doch bedeutet das nichts. Die Vernunftperson,
Die mein Leben lebt, rechnet nüchtern: schon
Einundfünfzig Jahre gelebt. Und mit Dank
Und mit Glück: niemals ernstlich krank.
Und die neunzehn Jahre, die möglich noch bleiben,
Will ich mit freundlichen Werken vertreiben,
Und wenn keinen Glanz, so doch Wärme abgeben …

Alles *Gesage.* Ganz anderes Leben
Will ich und will ich. Kein Zeithinbringen.
Leben mit Lust bis zum Selbstvergessen.
Daß man vergißt, seine Jahre zu messen
Und nicht mehr fragt: hat man Stimme zum Singen.

Will es singen aus einem, so singt man eben.
Ohne Schamgefühl, ohne Furcht vor Schande,
Ohne Weisheit und ihre blässenden Bande
Liebt man, wenns sein muß, stirbt man daran,
Doch vorher lebt man. Wann fang ich an?

Auch das ist es nicht. Was ich wirklich begehre,
Ist nicht Freiheit zur Liebe, ist Freiheit zur Zeit.
Unbelastet von der alltäglichen Schwere
Irdischer Pflicht, ohne Ballast bereit,
In jedem Augenblick zu entschweben
Mit dem Aufwind der Sprache ins gültige Licht.
Das ists, was ich wünsche: mein übriges Leben
Sei glimmender Zunder der Flamme Gedicht …

Und doch weiß ich längst, mir wird nicht gelingen,
Mich jemals los und ledig zu machen
Vom Zwang des Alltags. Als die, die ich bin,
Werd ich, im Haß auf die niedrigen Sachen,
Lieder zu ihrem Ruhme absingen.

Einundfünfzig, ich gebe mir noch eine Frist
Von neunzehn Jahren, wie leg ich sie an?
Mit Wiederholung des immer gleichen

Tages und Lebens. Ich werfe die Weichen
Nicht mehr herum, ich fahr meine Bahn,
Wenn auch die Strecke abschüssig ist.
Das ist so wie mit den Jahreszeiten.
Im Frühling scheint es ein mähliches Gleiten.
Im Juni steht Zeit überm Lichthorizont,
Wir sind vom Gefühl der Dauer durchsonnt.
Denn eben erst will der Sommer beginnen.

Sendschreiben an vier Freunde in zwei Ländern

Vergeßt nicht den Ahorn vom Triangelplatz
In Skopjes Altstadt, unter dem wir gesessen!
Theobaldy ging gleich drauf nach Kreta hin ab.
Und Jendryschik hätte zu gern vergessen,
Daß er aus Halle ist, und wär mit ihm gefahren,
Um endlich – nun ist auch er schon bei Jahren –
Das Land der Griechen mit Augen zu sehen,
Und nicht nur mit der Seele zu suchen...
An der Grenze würde ihm nichts geschehen.
Sein Paß war gültig ... Die heimischen Buchen
Haben ihn wieder, wenn Buchen *sind.*
In griechischen Eichen äolischen Wind
Wollte er hören und hörte ihn nicht...
Unterm Ahorn in Skopje war schattiges Licht.

Roths Friederike, Mona Lisa Pascals,
(Pascal Gilevskis, der sie konterfeite,)
Ein güldenes Schnürl um den rührenden Hals,
Blau blickend wie die gebenedeite
Jungfrau, in Wahrheit gelehrt wie ein Biest,
Das Philosophen wie andre Romane ausliest,
Friederike aus Stuttgart, Werner Dürrson vom See,
Vom Bodensee, der wie Weihrauch was rauchte
(Seine Stiftzigarillos rochen narkotisch)
Und einfach Gesicht und Hände tauchte
Ins Wasser des Brunnens, den Skopjern *exotisch,*

(Wir hielten in einem Straßencafé)
Die träge saßen und träge sahen
Auf uns fahrige Fremde, drei Männer, zwei Weiber,
Dachten Dinge von uns, die nicht geschahen...
Wir waren fünf egozentrische Schreiber
Und sympathetisch im Abschied verbunden.
War eine von den erinnerten Stunden,
Die man schon erinnert, wenn man sie lebt:
Der Wind schläft im Ahorn, der Brunnenstrahl schwebt...

Gleich würden wir auseinandergehen
In verschiedene Länder, bei Gott sehr verschieden,
Und, möglich, einander nie wiedersehen.
Die Möglichkeit wurde, gesprächsweis, gemieden.
Vom Stolz Makedoniens ins Land gebeten
Zum jährlichen Sommerfest der Poeten,
Warn wir eine Woche zusammengewesen,
Und nachts hatten wir einander *gelesen.*
Zum Ende tauschten wir Bücher aus
Und nahmen sie mit dem Ahorn nach Haus.
Schieres Glück, Friederike, und Glückes Beweis –
Wir beide hatten so ähnlich geschrieben!
Die Tage in Makedonien flohn heiß.
Die Stunde beim Ahorn ist stehengeblieben.
Vergeßt nicht den Ahorn vom Triangelplatz
In Skopjes Altstadt, unter dem wir gesessen!
Ich wage, Freunde, den einfachen Satz:
Wir *werden* einander niemals vergessen.

Heut

Für Günter Caspar

Die reine Wahrheit. Nichts als die Wahrheit.
Nichts als die Wahrheit reden, heißt schweigen.
Spricht man sie aus, wird zu jedem Satz,
Sowie man ihn sagt, sich ein Gegensatz zeigen.
Erinnern – Vergessen, Lieben und Hassen,
Freiheit und Zwang. Die Feindlichen lassen
Sich wahr nur mit einem Atemzug fassen,
Weil Leben vergeht und alles sich wandelt.
Und doch ist im Recht, wer redet und handelt
Und das Risiko des Irrtums nicht scheut.
Die reine Wahrheit: die Wahrheit von heut.

Ja doch

Für Hans Marquardt

Mitteilungen habe ich keine zu machen
Denn allbekannte: das Leben vergeht.
Doch gibt es dagegen versöhnende Sachen:
Daß Mai ist und abends die Sonne steht
Rot überm Fluß und die Möwen kreisen
Spiegelnd ihr Bild weiß mit Ringen ein...
Das Ganze soll überhaupt nichts beweisen.
Nur: angenehm ist es, am Leben zu sein
Und das Gerede vom Tod zu vergessen:
„Fünfundsiebzig zu fünfzig – das steht drei zu zwei.
Sie sind fünfzig? Auch Ihnen wird Zeit schon bemessen!“
Ich hör nicht und spiele die Heitereitei
Und bin entschlossen: Ja doch! zu sagen.
Ja doch! und: Wenn schon! mein Leben vergeht...
Nur soll es geschehen in friedlichen Tagen,
Damit man mein letztes Wort auch versteht
Und kann es bewahren. Seis im Gedächtnis.
Sei es geschrieben als Spruch an der Wand.
Die Liebe zum Leben ist mein Vermächtnis.
(Hab ich seinen Sinn auch nur ahnend erkannt.)

Heliotrop

Der Tag des Heliotrop kam,
Wie immer die Tage des Glücks,
Unerwartet und mit des Segens Gewalt.
Die magische Blume aus den Gärten der Jugend,
Ich fand sie endlich und nun da ich alt.
Ihr Duft war zu mir aus Büchern gestiegen.
Ihre Farbe wurde von Dichtern vergleichend genannt.
Frauen trugen heliotropfarbene Kleider.
Und die Erinnerung der Liebe
Blieb in den Duft ihrer Blüte gebannt.
Und immer hatte ich nach ihr gesucht
Und in Gärtnerbüchern nach ihr gelesen.
Doch war sie wie von Vergessen verflucht.
Als wäre sie nie und nirgend gewesen...
Das schmerzte mich. Jedes einzelne Mal,
Wenn Vorzeitengärten in Büchern vorkamen,
Traf mich ihr Name wie schuldhafte Qual.
Als setzte die Pflanze in mich ihre Samen,
Stichelnd ins innerste Erdreich der Brust,
So schlich sich der Schmerz ins Innerste hin.
Doch auch die Süße empfangender Lust.
Nur bildlos blieb sie ohne zeugenden Sinn.
Denn weder Farbe noch Form noch Duft
Warn in den Büchern der Dichter beschrieben.
Ihr Name nur war in der zärtlichen Luft
Vergangener Sommer stehengeblieben...
Und nun und nun und in diesem Jahr
Und an diesem Tag und im Belvedere,
Das sich die Weimarer Schöngeister schufen,
Wurde die Blume mir wirklich und wahr.
Ein heutiger Gärtner hat sie gerufen
Und in Quartieren zum Blühen gebracht.
Und die Blüte duftete südlich und schwer,
Wie die eine Liebe der einzigen Nacht.
Tiefblau violett wie in Veilchenduft
Wie in Fliederduft Vanille gestreut.
So klangs in der klaren Augustmorgenluft.
Und jäh warn mir alle Sinne erneut

Und atemjagende Lust fiel mich an:
Meine Dichter hatten mich nicht betrogen!
Der Tag des Heliotrop begann.
Und wurde zur Nacht als Liebe vollzogen.

Sprüche

Selbstbesinnung vorm Spiegelgesicht:
Innewerden tieferer Schichten,
Immer verborgen in offnen Gedichten:
Nächtliche Lust scheut nicht das Licht.

Ich ahne die Kräfte, die mich bewegen,
Den Widerspruch, der mein Leben treibt.
Ich werde darüber nicht Rechenschaft legen:
Etwas muß sein, das im Sprachlosen bleibt.

Wir sind einander die Schonung schuldig,
Unsere nackten Seelen nicht zu enthüllen
Und die Abgründe unserer Liebe geduldig
Mit Worten der Liebe aufzufüllen.

Das ist eine Leistung und Arbeit: zu leben
Und keine Kleinigkeit, allezeit
Einander Halt und Haltung zu geben:
Heilsamen Zweifel und Hoffnung bei Leid.

Wir wissen nur aufeinander zu,
Wer wir sind, und es braucht auch nicht mehr.
Das bessere Wort für ich ist du.
Unser Ich allein bleibt konturlos und leer.

Frühling

Der junge Hund frißt altes Gras
Und schleudert sich im Märzenwind
Dem ersten Mückenwölklein nach. Naß
War der Tag, von Gräue blind,
Aber verheißend. Stare pfiffen,
Zwar schüchtern noch. Ein Täuber schlug,
Wohl von der lauen Luft ergriffen,
Zum ersten Mal. Im hohen Flug
Zogen die Kraniche vorüber.
Ein Grünspecht trillerte im Tal.
Der Frühling rief: Fährmann, hol über!
Zum einen und zum andern Mal.
Das war auf mich gemeint, ich sollte
Ihn über unsern Bach geleiten.
So bin ich hin. Das Hündlein tollte
Mal links, mal rechts, mal mir zur Seiten.
Als er mich sah, ist unser Gast
Behende übern Bach gesprungen.
Und von des Sprunges Lust erfaßt,
Hat auch die Amsel laut gesungen.
Wär also alles alles da?
Star, Täuber, Amsel, Kranich, Spechte,
Und Mücklein auch? Und Glück wär nah?
Wenn man das wüßt! Gottdergerechte.

Mittsommernacht. Scenario

Die ideale Kulisse für Liebe:
Jasmin. Die Nacht ist licht und besternt.
Mittsommermittnacht. Gewölk im Azure.
(Rosen). Sie hat zu viel von der Liebe gelernt,
Um in der Kulisse noch Liebe zu spielen.
Sie ist zu alt für das Jugendstück.
Selbst wenn die Sterne vom Himmel fielen,
Brächten sie nicht jenen Zauber zurück,
Der Täuschung voraussetzt: Nichtwissen ist Lieben.

Ahnung von etwas, das ahnbar scheint,
Weil Dichter Flüchtiges *dauernd* beschrieben
Und so, als wäre Verheißung gemeint...
O wunderbares *scenario* der Liebe:
Jasmin und die lichte, die duftende Nacht.
Lautlos klagt sie (stumm heulende Trauer),
Wie die Erfahrung armselig macht.

Dank

Als ich an jenem schrecklichen Abend –
Du wurdest am Morgen darauf operiert –
Deine Hand ansah und schaudernd dachte:
Wenn diese Hand nun ihr Leben verliert
Und erstarrt? Da wollte ich sagen:
Ich liebe dich und vergesse dich nie.
Doch das war unmöglich. Nicht zu ertragen.
Ich legte nur meine Hand auf dein Knie.
Wir sprachen von harmlos alltäglichen Dingen
Und Büchern, die du dann lesen wolltest,
Wenn alles vorbei ist. Ich würde sie bringen
Sobald du nach ihnen fragen solltest.
Mich würgte die ganze Zeit jenes Wort,
Das ich dir unbedingt sagen müßte,
Essenz unsres Lebens: Dank. Ich ging fort.
Das war wie Absprung von sicherer Küste
Ins offne Meer der Verzweiflung und Not.
Ich fühlte fiebernd, wie ich dich liebe
Und wie ich verwaist wäre mit deinem Tod.
Du hast es bestanden. Bist wiedergekommen
Aus dem Zwischenreich und lebst neu mit mir.
Jetzt kann ich es sagen. Mein Freund, mein Gefährte,
Ich liebe dich und: ich danke dir.

Frieden

Ich schlafe mit dir. Du schläfst mit mir.
Wir schlafen mitnander. Kindliches Wort.
Frieden: kein Wildern in fremdem Revier.
Ich nur mit dir. Du nur mit mir.
Die Welt ist ein bewohnbarer Ort.

Mohn

Des Purpurmohnes Blütenstaub:
Schwarz. Tod aus Schlaf. Aus Lust: Vergehen.
Zur Nacht fiel aus dem Flammenlaub
Der roten Blüte schwarzer Staub.
Und um die Blüte wars geschehen.

So liebten wir. Nur eine Nacht,
Weißt du es noch, war uns gegeben.
Wir nanntens Schicksal. Keine Macht
Half uns dagegen, eine Nacht
Mußte genügen für ein Leben.

Des roten Mohnes schwarzer Staub
Wie Tod aus Schlaf, aus Lust Vergehen.
Zur Nacht fiel aus dem Flammenlaub
Der Purpurblüte Todesstaub.
Und um die Blüte wars geschehen.

Sternwind

Fibröses Befinden. Unruhe. Mond.
Mond im September. Der Abend ist weiß.
Von greller Helle.
Mich quält meine Seele.
Sie will sich ergießen in Worten. Heiß
Und kalt und klar wie das Licht.
Doch ohne Begriffe bleibt das Gedicht.
Nur Schluchzen und Schütteln. Sternwind weht.
Mond im September. Das Leben vergeht.

Lied

Zwei Tage noch und die Linde belaubt sich.
Drei Tage noch und der Flieder wird blühn.
Und wäre man jung, so fände man einen
Und würde blind sein an ihm und glühn.
So aber sagt man: die Linde belaubt sich.
Drei Tage noch und der Flieder erblaut.
Als wärs eine Weisheit. Ist aber nur Rede.
Und wird einem eng in der alternden Haut.

Treue

Mitleid – das ist die stärkere Liebe.
Erbarmen ist es, das uns erhält.
Wenn uns nur Sinnesentzückung triebe,
Wir wären verloren, denn jeder verfällt
Immer wieder der Jugend. So sind wir verwiesen
Auf Güte und Mitleid, um immerzulieben.
Nicht jene und jenen, nein diese und diesen.
Daß, der mich jung liebte, mich weiter werthält,
Dazu braucht es Großmut und heiteren Sinn
Und Einsicht ins Leben als Leben zum Ende.
Gefaßt gehn wir Alternden lächelnd dahin
Und halten in eins unsre welkenden Hände.

Das Lächeln des Dichters

Vor drei Jahren. Auch Herbst. In Belgrad, der Stadt,
Die Straßen mit alten Platanen hat.
Ich bin da allein gegangen
Und habe die Stadt in mir angefangen
Als Bild der Erinnerung. Damals hat mir
Vasco Popa eine serbische Tasche geschenkt.
(Spontane Geste des Hausherrn). In ihr
Ist von ihm, der an mich nicht mehr denkt
Und nicht weiß, wer ich bin, ein Lächeln bewahrt.
Ich hatte es bisher aufgespart,
Weil ich wußte, ein Tag würde einmal kommen,
An dem mir so kalt wäre und beklommen,
Daß mich nach einem Lächeln bangt,
Das mir einer gibt. Unverlangt,
Nicht Lohn und Antwort, nicht milde Gabe.
Das Lächeln Popas, das ich habe,
Traf mich als Zufall, frei von Meinung.
Und traf mich so wie die Erscheinung
Einer Königskerze, die einsam steht
Am serbischen Fels und vom Blühen geht
Ins Winterdasein als zähes Gestänge:
Menetekel der Zeit: Von solcher Strenge
Und Reife bestandener Jahre
Ist das Lächeln des Dichters, das ich bewahre
Und heut meinem kalten Gesicht auflege.
Er ahnt nichts. Und ist doch auf meinem Wege.

Dämmerung

Die Freunde sind verstreut.
Nicht nur in verschiedenen Ländern.
Wir wurden auch älter und mußten uns ändern.
Was hilft es, wenn man bereut,
Daß man dem einen noch traute,
Als man schon ahnte, er ist es nicht wert.
Schön war es doch, als man unbeschwert
In *eine* Zukunft schaute.

Nun sind die Wege für immer getrennt.
Zu Höflichkeit ist die Freundschaft erstarrt.
Und einer verübelt dem andern die Art,
Wie er sich zur Zeit bekennt.

Man ist einsam geworden und lacht nicht mehr
In lärmenden Nächten frei heraus.
Doch Erinnrung daran bewohnt unser Haus
Und macht manchmal die Abende schwer,
Vor allem im Herbst, wenn Dämmerung fällt
Und die Strenge des Lebens deutlich wird.
Und das alte Gefühl für die Freunde durchirrt,
Auf der Suche nach ihnen, die kältere Welt.

Schiomgwime

Den Freunden Nodar, Nico, Reso

Es rufen mich an die Oktobertage
Mit makellos wolkenlos glanzblauen Lüften!
Und endlich versteh ich den Ursprung der Frage:
Sie kommt von Georgiens Bergen und Klüften.
So war ja der Sonntag vor einem Jahr,
Da ich mit Freunden hoch oben war
In Schiomgwime, dem Felsennest
Gelehrter Mönche. Ein Lebensfest
War dieser Tag, an dem nichts geschah,
Als daß ich vom Berge in Täler sah,
Wo Leben der Neuzeit die Straßen befuhr.
Aber am Felsen war noch die Spur
Von lange vergangenem Leben zu sehn.
Die Zellen der Mönche. Nicht mehr als zehn
In dem zum Tal gerichteten Haus.
Die Galerie hing ins Tiefe hinaus,
Auf die die Kammern der Brüder führen.
Und wenn sie hier bei geöffneten Türen
Meditierten, war um sie die Leere
Des Äthers. Keine irdische Schwere
Drang an. Und es schienen die Zeiten

Lautlos zu münden in Ewigkeiten.
Die warn ein gesteigert georgischer Tag
Mit Freudenfeuern und Sphärengesängen.
Und nichts verhieß jenen Wetterschlag,
Der das Heiligenleben von diesen Hängen,
Wo es sich einst in Höhlen verbarg,
Hinfegen würde in alle Winde...
Im Kirchengewölb noch ein steinerner Sarg
Und, lächelnd, die Jungfrau mit ihrem Kinde.

Fragen

In letzter Zeit habe ich gehört
Von Menschen, die ich im Einklang dachte
Mit ihrem Leben:
„Es war nicht drum, daß ich Fische heimbrachte,
Als ich Angeln war.
Ich wollte allein sein mit mir und denken."
Ein andrer, der auf den Hochsitz geht
Gegen Abend: „Da draußen kann ich mich
In mich versenken.
Ich brauche das Alleinsein mit mir,
Fern von Familiengetümmel und Pflichten.
Ich jage nicht mehr. Mich dauert das Tier.
Ich will nicht mehr mit der Büchse richten,
Was leben soll und was nicht. Mein eigenes Leben
Hat mir genug zu richten gegeben.
Mühsam erring ich das Gleichgewicht
Für den kommenden Tag. Zwischen Neigung und Pflicht
Der Pfad ist verwachsen. Ich seh ihn nicht mehr.
So oder so muß ich handeln. Und das fällt mir schwer."
Eine Frau schreibt: „Ich brauche die nächtliche Stille,
In der keiner von mir etwas wollen kann.
Da frage ich mich: ist das alles mein Wille?
Mach ich weiter so, oder fange ich an,
Nach meinem Recht und Bedürfnis zu handeln?
Raten Sie mir! Läßt sich Leben noch wandeln,
Wenn die Formen so fest sind, in denen es läuft?"

Ich frage: wie kommt es, daß Zweifel sich häuft,
Daß Verlangen nach Freiheit so mächtig wird
Und Sehnsucht nach einem anderen Leben.
Zuviele fühln sich in Zwänge geschirrt
Und wollen sich nicht dem Schicksal ergeben.
Sind das Wohlstandsneurosen? Ist es Glaubensverlust,
Haß auf den dauernden Kompromiß,
Der Leben bedeutet? Wird er vielen bewußt?
Was Wunder! Auch ich bin mir niemals gewiß,
Daß ich handle nach meinen besseren Kräften,
Den Gesetzen folge, die ahnbar sind.
Auch mich zwingt Scheinpflicht zu Tagesgeschäften,
Bei denen man nichts als Verlust gewinnt.

Rauch

Auf dem Kahlschlag schwelen Feuer seit Tagen
In der Humusschicht unterm Heidekraut.
Reisig und Strauchwerk sind abgetragen.
Nur noch Asche und Öde. Rauch, der blaut,
Zieht Fäden in die silbrige Luft
Des Oktoberabends und bitteren Duft
In die geruchlose Spätherbstkühle...
Ich schüre den schwelenden Sand und wühle
Glimmende Glut zu Funken auf.
Stehende Flammen fallen in Lauf
Und Kiefernnadeln und Kienzapfen an.
Es knackt und knistert ... Ich weiß nicht, wann
Ich zuletzt so glücklich war...
Der bittere Rauchgeruch sättigt mein Haar
Und saugt sich ins Vlies des Wollmantels ein.
Und ich stehe im leeren Abend allein
Und bin frei und wunschlos und lebe gern.
Und über den Hügeln der erste Stern
Und ein Mond wie gedacht, haarfeines Horn.
Und die Lust hört nicht auf, sie ist immer davorn,
Wo der Rauch hintreibt mit dem eisigen Wind.
Und genauso fühlte ich damals als Kind,

Wenn Reisigrauch von Herbstfeuern trieb.
Und eines ist, was ich liebte und lieb.
Das Leben ein einziger Atemhauch.
Ziehend und fliehend. Von Feuern ein Rauch.

Herbst in Berlin

Ich habe das gern, in Berlin zu *sehn.*
Ich seh einfach gern in fremde Gesichter.
Ich habe das gern jetzt im Herbst, wenn die Lichter
Und Lampen im Zwielicht angehn.
Es gibt in der Stadt ein perlmutternes Licht,
Das im Umkreis der Neonlampen entsteht.
Türkis-violett. Auf einer Schicht
Weißen Silbers. Schön, wenn man geht
Vom Strausberger Platz zum Frankfurter Tor
Links der Allee. Vor
Den Blumenrabatten, die Baumreihen lang.
Da sitzen die Leute Bank an Bank.
Unfesche Leute. Einfach. Viel alt.
Doch auch Jugend viel. In purer Gestalt
Das Volk dieser Stadt hält Atempause.
Raucht, schwatzt und geht gelassen nach Hause.
Mit dem Licht in sich, das zu Apfelrot reifte,
Und dem Lächeln, an das man zufällig streifte,
Als ein schönes Mädchen vorüberging,
Das ein reiner Junge wie erstmals umfing,
Nicht auf herausfordernd offene Weise,
Sondern verlegen, lächelnd und leise,
Wie Liebe in Märchen von Andersen geht.
Und das Bild dieser Stadt, das die beiden umsteht –
Kulisse unbedingt glückhafter Handlung –
Geht vom Abend zur Nacht in die nächste Verwandlung.

Der junge Stendhal in Paris 1805

Mauserung des Genies:
Wie Staupe bei jungen Hunden.
Verletzlichkeit des häßlichen Mannes.
Geistreichelei über heimlichen Wunden,
Die Liebe schlägt. Diese Gier nach Liebe!
Die nicht käuflich ist, die den Geist erwählt.
Florettgeplänkel und Säbelhiebe:
Der Nebenbuhler wird ausgezählt
Im Tagebuch, mit Worten vernichtet.
Er weiß es längst, wie man besser dichtet.
Wenn er sechstausend *francs* Renten hätte,
Käme er los von der Schüchternheit
Und legte sich schreibend an die Kette.
Aber noch ist es nicht an der Zeit.
Er läuft in Salons, um bekannt zu werden.
Er übt sich als Mime, um sprechen zu lernen
Und studiert die natürlich-erhabnen Gebärden
Bei angealterten Bühnensternen.
Er liebt den Ruhm. Er will ihn erzwingen.
Er macht Projekte für Opern und Stücke.
Doch nichts will gehen. Nichts will gelingen.
Das weiße Papier widersteht voller Tücke
Dem Aufschwung des Herzens. Der fügt sich nicht
Zu Worten, die groß sind wie die Gedanken.
Er sieht nachts im Spiegel sein wildes Gesicht
Und kommt vom Anspruch ans Glück ins Wanken,
Der in ihm wütet: Weshalb ist er
Hineingeboren in diese Gestalt,
Die den Geist behindert? Plump und schwer
Warum? Welcher Dämon hat ihn in Gewalt
Und will ihn zwingen, einsam zu bleiben,
In der Liebe nie anders als glücklos zu sein,
Um rasend in Büchern von Liebe zu schreiben
Und im Wortrausch vom Schmerz der Wollust zu schrein?
Könnte er tauschen, er tauschte sich um.
Er würde schlank sein und leichthin leben.
Jung sein und schön sein. Reich. Läßlich dumm.
Er würde die Qual seiner Seele drum geben,

Seinen einzigen Schatz. Er kennt seine Seele.
Sie ist größer als alle, die er sonst kennt.
Er lebt schon nach ihrem strengen Befehle.
Auch wenn ihn der Neid auf die Glücklichen brennt.

Trost

Täglich erreichen mich traurige Briefe.
Überall Krankheit, Verhängnis und Tod.
Daß ich nicht leichten Sinnes einschliefe,
Genügt schon der Freunde Bedrängnis und Not.
Und dann noch die große Bedrohung des Lebens:
Kriegswut. Das lächelnd gemeine Gesicht
Des Mächtigen, der, als wär alles vergebens
Gewesen, Waffen verspricht,
Bomben, die *sauber* sind, für den Frieden,
Für Freiheit des Geistes und *das*: Kultur.
Hat man auch jede Berührung vermieden
Mit eiferndem Haß, seine hämische Spur
Preßt sich ins Hirn und läßt uns nicht schlafen,
Und wenn, sind die Träume von Ängsten verzerrt.
Die Seele sucht zitternd ruhigen Hafen,
Doch ist jede Fluchtbucht von Schrecken versperrt.
Tags heißt es wieder, ins Lichte zu sehen,
Mit Willenshilfe sich aufzurichten.
Es gibt nur den Satz: Es wird nicht geschehen.
Wir werden es zwingen, uns nicht zu vernichten.
Und Freunden Trost! Das Wort kann nicht heilen.
Es hilft nicht mehr als die menschliche Hand.
Doch kann es Gewißheit und Güte mitteilen:
Was uns in helleren Tagen verband,
Verbindet uns auch in Tagen der Trauer,
Bei Krankheit, Verzweiflung und jedem Verlust.
Wir bauen zwar alle nicht auf die Dauer
Und sind uns wohl der Vergängnis bewußt,
Aber wir wollen mit Kräften nicht sparen
Und ohne Furcht vor Verkümmerung geben.
Und trifft es einst uns, sind wir leiderfahren
Und können das Leiden mit Kraft überleben.

Beschwerde über das Verstummen der Brunnen von Piešťany im Mai 1980

Die Brunnen springen nicht dieses Jahr.
Die Vögel können aus ihnen nicht trinken.
Was immer der Grund des Versiegens war,
Vielleicht, daß man Stromkraft am Wasser spar –
Denn daß die Wasser steigen und sinken,
Dazu braucht es energetische Kraft –
Der heitre Maitag ist stumm und erschlafft,
Und nicht nur Meisen, Amseln und Finken
Und türkische Täuber sind drum verlegen,
Die sich sonst labend am Wasser erregen,
Die Federn feuchten, die Kehlen kühlen –
Auch wir sind enttäuscht in unsren Gefühlen.
Denn wenn die wechselnden Wasser rinnen,
Läßt sich so gut übers Leben sinnen,
Und einverständig mit unserem Leben,
Mit all seinem Steigen, Fallen und Heben
Im Hingang zu unseren schwindenden Zielen,
Warn wir im Mai, wenn die Wasser spielen
Um einen Drehpunkt aus reinem Nichts
Vor ihrem Fall in die fließende Zeit.

Und sahen auf die Beugung des Lichts
Im raunenden Brunnen mit Heiterkeit.

Jedan dan

Für Izet Sarajlić

In Sarajevo, der *Liebesstadt*,
Der Stadt, die ich liebe, in der ich liebe,
(Was längst Vergangenheitsform für mich hat),
Hörte ich einmal ein kleines Gedicht,
Das ich ums Leben gern schriebe,
Geschrieben hätte, wäre es nicht

Längst schon geschrieben.
Es ging um Vergängnis, Leben und Lieben.
Ich habe es auf Serbisch gehört.
Freund Izet hatte es übersetzt
Aus dem Türkischen. Die Seele verletzt
Hat es mir dennoch. Der türkische Dichter –
Seinen Namen habe ich sträflich vergessen –
Buchhändler war er, berühmter, Richter
Der Zeit, die sein Leben umgab,
Das alternde Leben des gramvollen Zechers –
Doch liebten ihn viele. Die Jugend vor allem
Verehrte den trunknen Verehrer des Bechers...
Nicht, weil es antimoslemisch war,
Den Weingeist zu schätzen.
Sie liebte vielmehr den Übermut,
Mit dem der Alte in ätzenden Sätzen
Den Machtmißbrauch schmähte...
Ich aber hörte von ihm ein Gedicht,
Darin er besang, was auf Erden gut
Und einfach schön ist: Gras, Luft und Stein.
Und immer sagte er: eins ist das Beste.
Das Schönste von dreien kann eines nur sein...
So ging es dahin, sein getragnes Gedicht –
Auf Serbisch, von Izet – wie epische Mär.
Und klang so sangvoll sagenvoll schwer,
Und war am Ende der Erde gleich schlicht
Und einfach wie Gras und Wolke und Stein.
So endete das ersehnte Gedicht:
Eines Tages (jedan dan) wird der Tod (smrt) das Schönste sein.
Jedan dan – smrt je nailepša...
Die magischen Worte sind in mir geblieben.
Und ich wünschte bei meinem endlichen Leben
Ich hätte diese Worte geschrieben.

Licht

Ich will mich versuchen im Sehen des Blinden
Vermittels Gefühl, Geruch und Gehör.
Weil meine Sehkräfte sichtbarlich schwinden,
Frag ich mich: wenn ich sie wirklich verlör?
Was würde mir bleiben von sichtbaren Dingen?
Was wär meiner Seele für immer bekannt?
Daß, wenn die Amseln im Kühleren singen,
Es abendlich wird überm stilleren Land?
Und daß die Sonne die Wasser rötet,
Wenn Wasser da sind, ein Fluß, der fließt –
Die Wellchen von Schifflein aus Licht bebötet,
Ein Lichtschwalbenschwarm, der in Strudeln hinschießt
Und steht auf der Stelle. Es ist ja nichts weiter,
Ein gaukelndes Licht- Wind- und Wassergesicht:
Die flüchtige Schönheit, Vergänglichkeit heiter,
Bis daß die Sonne hinwegführt ihr Licht...
Das würde ich sehen und sehen die Eichen,
Die in der Kindzeit am Feldweg gerauscht.
Und jenen Jüngling, den nächtlichen, bleichen,
Mit dem ich einst meine Seele getauscht.

Das

Mein Gott, mein Gott, das Leben geht,
Der Juni und die Jugend gehen.
Wenn man auch manches fast versteht,
Das wird man niemals ganz verstehen.

Inhalt

Ich mach ein Lied aus Stille

Beichte 6
Porträt 6
Rotdorn 6
Mark 7
Ginster 7
Vor einem Winter 8
Altes Lied 8
Rätsel 9
April 9
Freiheit 10
Schuld 10
Lerche 10
Mittsommer 11
Wieder September 11
November I 12
November II 12
Johanniskraut 12
Blinder Tag 12
Seerose 13
Abendwind 13
Chagall 13
An die Freunde 14
Vielleicht 14
Nowgorod 15
Puschkin. Erinnerung an Kazbeki 15
Schnee 16
Vor einem Herbst 16
Überfluß 17
Bilanz 17

Mondschnee liegt auf den Wiesen

Mode 20
Gesang 20
Mondschnee 21
Sonnenspeicher 21
In Ungarn 22
Zikadennächte 24
In einem anderen Land 24
Gedenkminute für Block 25

Poesiefest in Michailowskoje 26
Vorfrühling im Vorwerk 27
Die Schwäne 28
Abenteuer 29
Licht 30
Lob 31
Legende 31
Freundschaft 32
Ohrid am See 32
Paar Worte 33
Flug 34
Gott 34
Die Dichter 35
Sensibilität 36
Aus meinem Dorf 36
Toleranz 38
Dezember 39
Angst 39
Es gibt 39

Ich schwing mich auf die Schaukel

Pflicht 42
Dank 42
Nach Plan 42
Glück 43
Anfang April 43
Grenzen 44
Rastlos 44
Pirol 45
Verwandlungen 45
Wenn ich an einem Strome 46
Fluß und Ufer 47
Erlen 47
Positives Gedicht 48
Dunkelheit 48
Die Brücke 49
Schnee 49
Gipfelblick 50
Winterstück 51
Vom Schreiben 51
Spur 52

Die eine Rose überwältigt alles

Erinnerungsbaum 54
Petschora-Höhlenkloster 54

Anfang der Liebe 55
Juniabend 56
Mondrose 56
An meine polnischen Freunde 57
Novemberabend 58
Das dritte 59
Tote Liebe 59
Ketzerei 60
Stammbuchverse 60
Der Kern 61
Falter 62
Künftig 62
Rotdorn 63
Fahrwohl 63
Bei Isbor 64
Signale 64
Glaube 65
Memento 65
Glück 66
Werte 66
Lied 67
Oktobernacht 67
Widerhall 68
Die *eine* Rose 68
Risiko 69

Zwiegespräch

Zwiegespräch 72
Märkischer Juni 72
Trauer 73
Freiheit 74
Bläue 74
Wind 75
Märzsonne 75
Heiteres Licht 76
Grünes Stück 76
Interruptio 76
Farbenzeiten 78
Was heilig ist 78
Genealogie 78
Ahnung 80
Lust der Entdeckung 81
Vom schwedischen Freund 81
Vom Abend des fünften Februar 82
Trauer nach Süden 83

Heimkehr von Struga 83
Brief aus Gagra 84
Eichengrün 85
Kolo 86
Die Brücke 87
Moravani 87
In einer alten Stadt 89
Sabah 90
Strahlung 90
Beweis 91

Heliotrop

Am Ende 94
Bald 94
Jugend 95
Lichthorizont 96
Sendschreiben an vier Freunde in zwei Ländern 98
Heut 100
Ja doch 100
Heliotrop 101
Sprüche 102
Frühling 103
Mittsommernacht. Scenario 103
Dank 104
Frieden 105
Mohn 105
Sternwind 106
Lied 106
Treue 106
Das Lächeln des Dichters 107
Dämmerung 107
Schiomgwime 108
Fragen 109
Rauch 110
Herbst in Berlin 111
Der junge Stendhal in Paris 1805 112
Trost 113
Beschwerde über das Verstummen der Brunnen von Piešťany im Mai 1980 114
Jedan dan 114
Licht 116
Das 116